中野美代子著

西 遊 記

―トリック・ワールド探訪―

岩 波 新 書

666

中野美代子著

西　遊　記

―トリック・ワールド探訪―

岩波新書

666

西遊記◎目次

目次

はじめに

『西遊記』とは何か

『西遊記』とは何か——ひとことで定義づけるのは、まことに難しい。文学事典のたぐいは措《お》くとして、辞典には簡潔な説明が載っているにちがいない、とて手もとの三種の辞典を繰ってみた。すると——

明代の長編小説。四大奇書の一。呉承恩作。百回。唐僧玄奘三蔵《げんじょうさんぞう》が孫悟空・猪八戒・沙悟浄とともに、さまざまな妖魔の障碍を排して天竺に至り、大乗経典を得て帰るという筋。

(『広辞苑』第五版)

中国、明代の口語体の長編小説。一〇〇回。呉承恩作。一五七〇年頃成立。四大奇書の一。唐の玄奘《げんじょう》(三蔵法師)がインドへ行き、中国に仏教の経典をもたらした史実を軸に、そのお供の孫悟空・猪八戒《ちょはっかい》・沙《さ》悟浄《ごじょう》が妖怪どもを退治して玄奘を助ける活躍ぶりを描く。それまでの同種の説話・芝居・物語類を集大成し、登場人物に強い個性を与えて作りあげたもの。
（『大辞林』）

中国、明《みん》代の小説。中国四大奇書の一つ。明の呉承恩《ごしょうおん》の作。唐の高僧玄奘三蔵《げんじょうさんぞう》がインドへ経文を求めに行った史実に基づく。孫悟空《そんごくう》（猿）・猪八戒《ちょはっかい》（豚）・沙悟浄《さごじょう》（河童《かっぱ》）の三弟子と三蔵法師の一行が、災難に出会い妖怪《ようかい》を退治しながら、天竺《てんじく》から経文を持ち帰ってくる物語。
（『日本語大辞典』）

うーむ、いずれも「呉承恩作」と明記しているのが気になるが、それはともかく、内容の説明としては、ぎりぎりこの程度が精いっぱいのところだろう。ただし、孫悟空は「猿《えん》（テナガザル）」ではなく「猴《こう》（マカカ属のサル）」であるから、あっさり「サル」としたほうが無難であろう。また、沙悟浄を「河童」としているのも、日本人らしい勇み足か。

主人公はだれか

主人公についての記述は、三者それぞれ微妙にずれるが、『日本語大辞典』が〈孫悟空……の三弟子と三蔵法師の一行が、……〉としている点に、いまの私は異をとなえたい。

たしかに、『西遊記』の実質上の主人公は、孫悟空およびそのコミカルな相棒たる猪八戒であろう。小説のなかの三蔵法師は、悟空や八戒にくらべると、まことに影がうすい。のみならず、臆病でわからずやで、えこひいきがはなはだしく、あらゆる危機にたいしての「学習」能力が乏しく、ために悟空をこまらせること毎度おなじみである。リーダーとしては、ほとんど失格者だといってよいだろう。

では、史実の玄奘三蔵(六〇二?~六六四)はどうだったのだろうか。その西天取経の旅(六二九?~六四五)が、現代の私たちの想像を絶するものであったろうこと、いうまでもなかろうが、その記録としての地誌『大唐西域記』(六四六)や伝記『大唐大慈恩寺三蔵法師伝』(六八八)を読むと、かれが比類ない意志のひとであり、宗教家・旅行家として卓越していたのみならず、外交家・政治家としてもなみなみならぬ力量をもっていたことがわかる(中野一九八六d、174~184)。

それが、どうして小説『西遊記』ではこうも情ない三蔵になってしまったのだろうか。その入寂《にゆうじやく》のちほどなくしてはじまったかれのイメージの神秘化や伝説化は、年月をへて動物の従者を伴って取経の旅に出たという虚構化への道をたどる。動物の従者とは、破天荒な発想だが、そのおもしろさのゆえに、主人公であるべき三蔵の地位は、虚構の作物《さくぶつ》のなかで相対的に下がっていったのである。

虚構化の道

虚構化の道は長かった。史実の玄奘の西天取経の旅から、ざっと九百年。明《みん》も末期の万暦二十年(一五九二)、南京の世徳堂《せいとくどう》が刊行した『西遊記』が現存する最古のテキストである。もちろん、この世徳堂本にいたるまでには、宋代の話本(講談本)やら元代の小説やら、明代になってからの戯曲やら小説やら、かなりの数の先行資料がある(本書Ⅲ—1「部品《パーツ》の分解」参照)。失われて現存しないテキストもすくなくない。世徳堂本は、それら先行資料から、おもしろい要素をそっくり吸収した。

いま、うっかり「吸収」などと書いてしまったが、並みの「吸収」ではなかった。本書Ⅲ「組みたて工事」で述べるように、精確な設計図を引き、先行資料のおもしろい要素を部品《パーツ》として分解し、おそるべき綿密な計算のもとに、あたかも建築工事か土木工事のように組みたてたのである。のみならず、その綿密な計算については、読者にはけっして悟られぬようにした。

『西遊記』の構成

そのことは、世徳堂本のつぎのような大ざっぱな、おもて向きの構成からもわかる。

A　孫悟空の生いたちと大鬧天宮《だいどうてんぐう》(大いに天宮を鬧《さわ》がす)故事(第1~7回)

B　観音の取経者さがし（第8回）
C　太宗の地獄めぐりと玄奘の登場（第9～12回）
D　玄奘三蔵の西天取経故事（第13～100回）（六・七頁のイラスト「三蔵の西天取経行程図」参照）

ちなみに、第1回・第8回などと「回」がつかわれているのは、宋代以降、聴衆を相手にはなし家が語っていたときのなごりである。語りものが整理されて読みものとなり、印刷されて読者の手に刊本としてわたるようになっても、いまでいえば各章《チャプター》の末尾に、たとえば「さてはて、かれらふたりの命はいかがあいなりましょうや。おつぎの回での分解《ときあかし》を聴かれよ（原文は「端的不知他二人性命何如、且聴下回分解」）」などと、つづきを聴きに寄席《よせ》に来るようにと聴衆にさそいかけるきまり文句が添えられる。

おそい玄奘の登場

さて、このA～Dの構成のトップにいきなり、孫悟空の生いたちばなしが語られている。これは、『西遊記』の実質的な主人公が孫悟空であることを示唆しているのではなかろうか。

孫悟空の登場にくらべると、玄奘のそれは第11回で、ぐっとおくれる。もっとも、この世徳堂本のたくみなダイジェスト版である清代の『西遊真詮《しんせん》』（一六九四）では、第9回に玄奘が登場

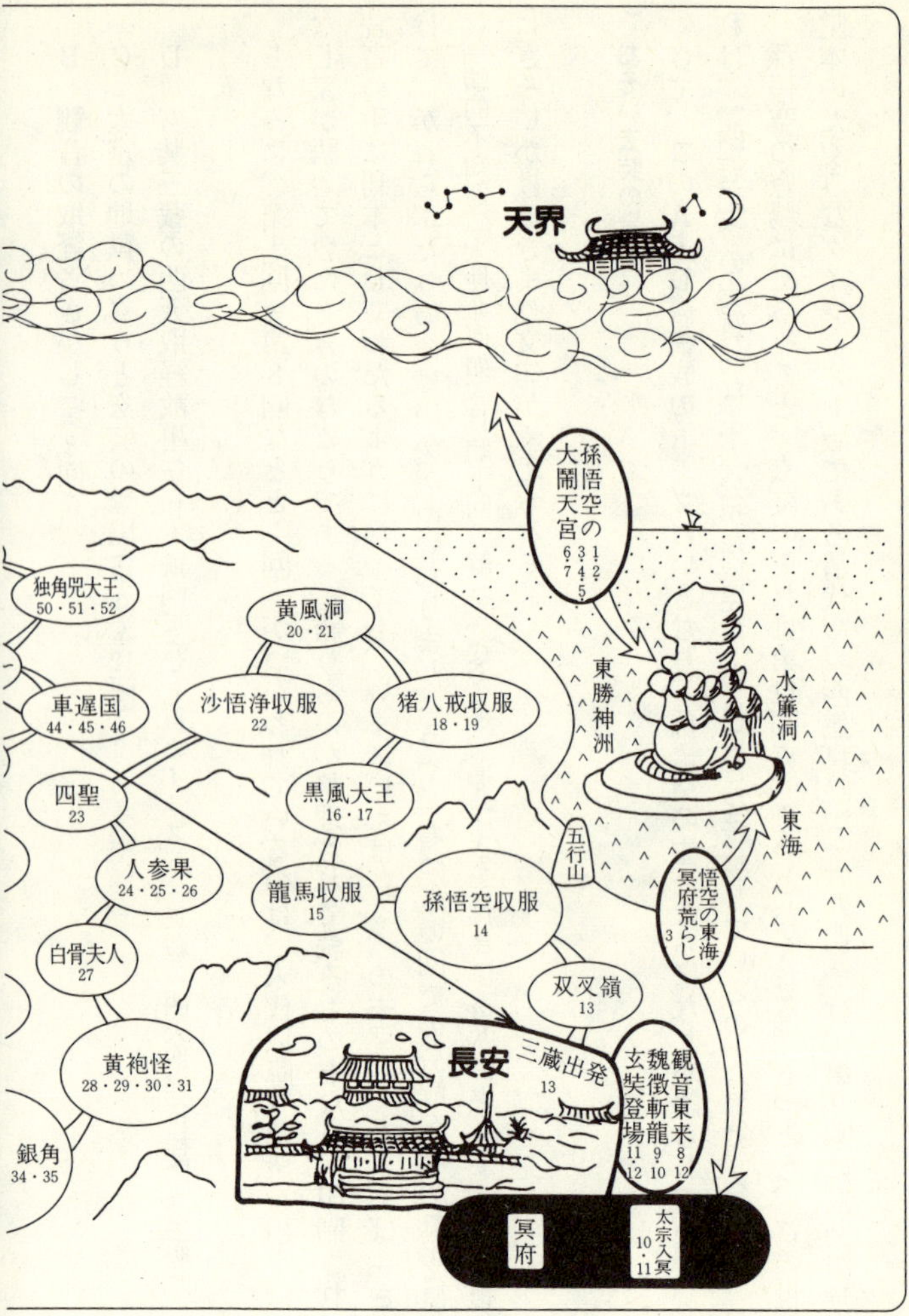
天界
孫悟空の大鬧天宮
1・2・3・4・5・6・7
東勝神洲
水簾洞
東海
五行山
悟空の東海・冥府荒らし
3
独角兕大王
50・51・52
黄風洞
20・21
車遅国
44・45・46
沙悟浄収服
22
猪八戒収服
18・19
四聖
23
黒風大王
16・17
人参果
24・25・26
龍馬収服
15
孫悟空収服
14
白骨夫人
27
双叉嶺
13
黄袍怪
28・29・30・31
長安
三蔵出発
13
観音東来
8・12
魏徴斬龍
9・10
玄奘登場
11・12
銀角
34・35
冥府
太宗入冥
10・11

三蔵の西天取経行程図

著者原画

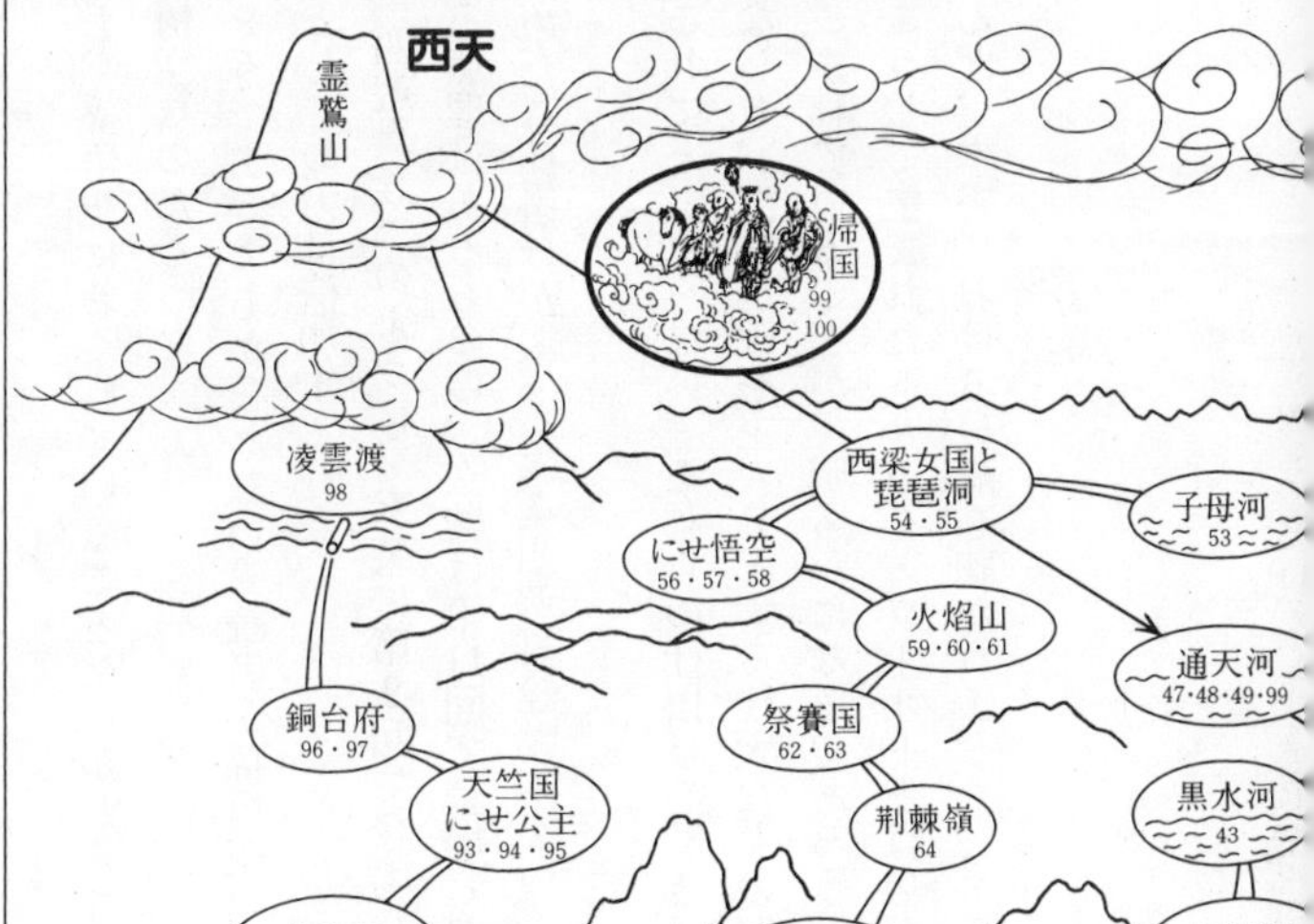
西天
霊鷲山
帰国
99・100
凌雲渡
98
西梁女国と琵琶洞
54・55
子母河
53
にせ悟空
56・57・58
火焔山
59・60・61
通天河
47・48・49・99
銅台府
96・97
祭賽国
62・63
天竺国にせ公主
93・94・95
荊棘嶺
64
黒水河
43
玄英洞
91・92
小雷音寺
65・66
紅孩児
40・41・42
地湧夫人
80・81・82・83
滅法国
84
稀柿衕
67
比丘国
78・79
烏鶏国
37・38・39
南山大王
85・86
朱紫国
68・69・70・71
宝林寺
36
九霊元聖獅子怪
88・89・90
鳳仙郡
87
獅駝洞三魔王
74・75・76・77
盤糸洞
72・73
金角
32・33

する。それでも、孫悟空におくれていることにはかわらない。やはり、『西遊記』の実質的な主人公は、孫悟空なのだろうか。

もちろん、そうであってもかまわない。読者が孫悟空の活躍をたのしむことによって、『西遊記』の作品としての力は倍加する。

とはいえ、『西遊真詮』のように、玄奘に第9回で登場してもらっては、やはりこまるのである。いろいろ無理はあるものの、玄奘は第11回で登場しなければならないのである。そこに、世徳堂本の秘めたる仕掛け《トリック》があった。『西遊真詮』本をつくった人物にもわからなかった仕掛けが——。

仕掛けは、これにとどまらない。それらの仕掛けを解きほぐしていくうちに、冒頭の孫悟空の生いたちばなしも、玄奘三蔵を主人公とする壮大なものがたりを成りたたせるための仕掛けのなかに組みこまれていることが、明らかになるであろう。

さてはて、こうして生まれたトリック・ワールドとはいかなるものなのでありましょうや。そを知りたくんば、本書における分解《ときあかし》を聴かれよ。

I

三蔵法師のからだ

1　弱い龍王たち

魏徴が龍王を斬る

『西遊記』の構成において、さきにC「太宗の地獄めぐりと玄奘の登場」とした第9～12回は、この小説全体のなかでも、ふしぎな位置を占めている。まずは、そのあらすじから——

長安にてよくあたる易者として知られる袁守誠《えんしゅせい》のうわさを聞いた涇河《けいが》の龍王、人間に化けて守誠のもとを訪れ、あしたの雨について質問した。守誠は、あした午《うま》の刻に三尺三寸と四十八滴の雨が降ると予告した。水府にもどった龍王のもとに、玉帝からの聖旨がとどいた。あした雨を降らせる時刻と雨量が書いてあるのだが、それは袁守誠の占いと寸分のちがいもなかった。涇河龍王は、玉帝の指示にしたがって長安に雨を降らせるのを任としていたのである。

さて、あくる日、涇河龍王は玉帝の指示をすこしくたがえ、未《ひつじ》の刻に三尺と四十滴の雨を降らせた。袁守誠にいんちき占い師の汚名を着せてやろうと思ったのである。ところが、玉帝の聖旨にそむいた龍王は死罪に処せられることになった。そのあくる日の午の三刻に、唐の太宗の寵臣である魏徴《ぎちょう》に斬られることになっている、それをまぬかれたければ、太宗のもとに行き助けを乞うべし、というのが袁守誠の示唆だった。

そこで、涇河龍王は太宗の夢のなかにもぐりこみ、わけを話して助けを乞うた。太宗は龍王の助命をうべない、目がさめるや魏徴を召して囲碁の相手を命じた。龍王を斬る刻限、魏徴が宮中にいれば龍王を斬ることは不可能だからである(以上、第9回)。

ところが魏徴は、碁をさしつつ太宗の御前でうたた寝をしてしまった。やがて目ざめた魏徴、ひれ伏してその非礼を詫びているところへ、血のしたたる龍の生首をもってきた者がいる。長安のまちに天から降ってきたのだという。それを見た魏徴は、自分がいましがた夢のなかで斬ったのだと奏上した。

太宗の地獄めぐりと玄奘の登場

その夜、太宗は夢のなかで涇河龍王の恨みごとを聞いた。朝になっても気分はすぐれず、数日後ついに崩じた。地獄へといたった太宗、崔《さい》判官のはからいで再生を約され、冥府めぐりをする(第10回)。やがて太宗はめでたく生きかえり、仏の教えの偉大さを悟り、施餓鬼《せがき》法要をいとなむこととなった。その法要の檀主となる僧侶を求めたところ、陳玄奘《ちんげんじょう》がえらばれ、太宗に拝謁した(第11回)。

さて、東土に大乗の正法《しょうぼう》をもたらすべく取経者をさがしに西天から来ていた観音菩薩は、施餓鬼法要の席上で太宗のまえに姿を現《げん》じ、九天の高みにのぼった。菩薩は、天からひらひらと一枚の書きつけを太宗のもとに落とし、西天に取経の者あらば大乗経典を与えるであろうと伝えた。そこで太宗、取経の者を求めたところ、玄奘が進み出た。太宗は玄奘を「御弟《ぎょてい》聖僧」と呼んで、その旅だちを祝った(第12回)。

つまりは、太宗が玄奘を西天につかわし大乗経典を求めさせんとするにいたった経緯《いきさつ》が、かなりまわりくどく、かつ荒唐無稽な話として書かれているのである。ここにおける核は、魏徴が夢のなかで涇河龍王を斬ったというエピソードであろう。「魏徴斬龍」と呼ばれるこのエピソードには、じつは、ふたつの注目すべき側面が隠されている。

弱い龍王たち

ひとつは、いばっていたわりには涇河龍王が弱いということである。自在に天を翔《か》け水にもぐることのできる龍王が、現世の人間にすぎぬ魏徴に斬られるとは——。しかも夢のなかで!

涇河龍王に限らず、『西遊記』に登場する龍王たちは、どれも弱い。とくに、孫悟空から如《にょ》意《い》金箍《きんこ》棒《ぼう》をうばわれた東海龍王敖広《ごうこう》とその兄弟たちときたら、あきれるほど弱い。さまざまな動物の部品《パーツ》を合成し、理論上は最強の動物であるはずの龍の特性は、ことごとくサルの悟空にゆずりわたされてしまった。天空を飛翔する、水中を遊泳する、からだを自在に伸縮させたり変化《へんげ》させたりする等々の悟空の超能力は、『西遊記』のすじがきのなかでは、須菩提《しゅぼだい》祖師から授かったことになっているが、そういうおもて向きの話とはべつに、水怪としての龍をいじめ、その能力をうばうサルの話が、論理的に仕掛けられているということになる。

龍から馬への変身

いっぽう、孫悟空にいじめられ能力をうばわれて弱くなった龍は、馬に変身して悟空の庇護を受けなければならない。『西遊記』において、悟空が弼馬温《ひつばおん》すなわち天界の馬小屋の番人になったり(第4回)、西海龍王の三太子が馬に化して三蔵の弟子になったり(第15回)するのは、龍とサルと馬とのあいだの、こうした三者変換の論理がはたらいているからである(中野一九九三、51〜60。中野一九九五、39〜59。また本書IV―5参照)。

ところで、C「太宗の地獄めぐりと玄奘の登場」とした第9〜12回には、悟空は登場しない。しかし、いま述べた悟空と龍王の関係を考えるならば、そこには悟空は潜在的に登場しているともいえる。そこで、このCを「龍王故事」と総括的に称したこともあったが(中野一九九三、136。中野一九九七、967)、いまは一般的な呼びかたにもどしておく。

さて、「魏徴斬龍」と呼ばれるエピソードの、もうひとつの側面とは何か。

2 「魏徴が龍を斬る」とは？

女丹について

魏徴（五八〇～六四三）とは、唐初に実在し、小説における地位とおなじように、太宗に重用され宰相にまでなった人物である。太宗に煙たがられるのをいとわず常に諌言《かんげん》し、君のまつりごとに過《あやま》ちなからしめたことで有名である。そんな魏徴が、小説のなかとはいえ、龍を斬ることになったのはなぜであろうか。

「斬龍」とは、じつは女丹《じょたん》の一術語である（福井一九九〇）。女丹とは、〈女性の身体的・生理的特徴にもとづく内丹の修煉法〉のことだが、さらに内丹とは、〈外丹に対する語。鉛・水銀等を用いて丹を作る外丹に対して、体内の精気などを循環させて体内に丹を作ることから名付ける〉。この〈内丹修煉の最終目的は、体内に金丹を結ばせて不老長生を獲得する、すなわち神仙に到ることであるが、女性は男性とちがって月経があり、それがために妊娠や出産をするのであるが、逆に月経があるために結丹昇仙できない。そこで女性の煉功の最も重要な問題は、月経を断つことであり、これにより男性と同様の身体に変えるのである〉（野口ほか一九九四、288）。

「斬龍」の女丹的意味

女丹では、月経のことを赤龍という。あるいはたんに、龍ともいう。そこで、「斬龍」「斬赤龍」とは、月経を断つことになるのである。その具体的な方法の一端は――

静坐して、しばらく膻中《だんちゅう》(両乳房の中間点)で存思《イメージ》して、心を静かに保っていると、一筋の青気が子宮から上へ立ち上がり、たちまち頭部の泥丸《でいがん》に達するのを感じ取ることができる。この時、静かに念じてその気を泥丸から下へ導引し、喉《のど》を通してふたたび膻中に戻す。次にふたたび膻中を存思する。ずっと子宮から清気が上がってこなくなるまで練功する。このようにして四、五〇日間続けると、血を気に化することができる。(坂出一九九六、228、黄瑋「女丹」)

俗人にはなかなか理解しがたい修行であるが、ともあれ、「斬龍」という、女丹におけるふしぎな術は、十二世紀後半の金代におこった全真教道士によって考案された。その開祖である王重陽《おうちょうよう》(一一一三～一一七〇)の七高弟のひとり孫不二《そんふじ》は、やはり七高弟のひとり馬丹陽《ばたんよう》の妻であったが、「斬龍」の術を実践して女仙となったという。

『女のタオイスム』

フランスの道教学者カトリーヌ・デスプは、その『女のタオイスム』(デスプ一九九六)においてて一章をもうけ、孫不二の生涯をみごとに活写した。また、その第六部「女性内丹のテクニック」は第二章に「第一段階——赤龍を斬る」をもうけるなど、女丹についての画期的な専著となっているとともに、道教とセクシュアリティを論じた最初の重要な書物といえるだろう。

さて、この孫不二に「女功内丹次第詩」十四首あり、その第四首を「斬龍」と題するが、なかなかに難解なので、いまは省略する(陳一九六四、一九八九、邱ほか一九九一など参照)。

男を対象とした内丹においてもっとも重要なことは、性交しても「還精補脳」、すなわち精液を洩らさずに脊髄に還流させ、脳髄を補うことである。精液に含まれる根源的な気の流出を防ぐわけだが、これを「降白虎(白虎を降《くだ》す)」ともいう。煉丹術では、四神のうちの東の龍と西の虎をさまざまなシンボル・記号として隠語的に用いることが多い。龍を女の、虎を男のそれぞれシンボルとするのも、そのひとつである。

同様に、女もまた、経血にひそむ根源的な気の流出を防がなければならない。そのことを「斬赤龍」と称するわけだが、その具体的な方法として、さきに挙げた一例のほかに、デスプは、乳房のマッサージをはじめとする多様な実例を挙げている。この豊富な資料の発掘もまた、デスプのみごとな業績といえよう。

ともあれ、「斬龍」の女丹における意味があらまし以上のようなものだったとしても、女丹とは縁もゆかりもない魏徴と結びつくのはなぜか。この疑問を解くためには、太宗の寵臣として名高い魏徴という、この姓名からいったん離れなければならない。

まだ龍を斬りはしない

魏徴 Wèi Zhēng を、同音の「未徴 wèi zhēng」に置き換えたとしたらどうなるか。「未徴斬龍」は、「未《いま》だ龍を斬るを徴《もと》めず」、すなわち、「まだ龍を斬りはしない」→「まだ月経をストップさせたりはしない」→「出産できる状態にしておく」ということになろう。だれを出産するのかといえば、『西遊記』においてしばしば「嬰児」にたとえられる玄奘三蔵を措《お》いてほかにはあるまい。それにしても、物語のうえでは魏徴は龍を斬っているのだが、女丹においては、龍は斬られていなかったというのだから、このエピソードの隠された意味にはおどろくばかりである。

嬰児としての三蔵

「嬰児」とは、内丹においてじつに多様な意味をもつ。『西遊記』では、烏鶏《うけい》国太子を指したり（第37・38回）、紅孩児《こうがいじ》を指したり（第40回）というように、たんに見かけだけで子どもを「嬰児」と呼んだりもする。しかし、子どもでもないれっきとしたおとなの三蔵を「嬰児」と呼ぶ場合は、「聖胎」すなわち聖なる胎児《はらご》としての三蔵であったり、かれの西天取経の旅を煉丹の工程にたとえ、その結果として得られる金丹すなわち大乗経典の三蔵(五七頁参照)を、玄奘三蔵に置き換えて「嬰児」と称したりする。

つまりは、第11回における玄奘の登場が、「嬰児」としての玄奘の誕生ということになろうが、この「嬰児」の誕生をみちびくものは、「魏徴斬龍」=「未徴斬龍」だったのである。ところが、この「魏徴斬龍」のエピソードにも、さらにそれをみちびく伏線があった。

漁師と樵夫

そもそも涇河龍王が魏徴に斬られたのは、龍王が占い師の袁守誠の名声に傷をつけてやろうとて玉帝の指示にそむいたからである。それでは、龍王はどうして袁守誠のことを知ったのか。涇河のほとりに住む漁師の張稍《ちょうしょう》と樵夫《きこり》の李定《りてい》とのあいだに交わされた会話を、涇河の巡回夜叉《やしゃ》が耳にはさみ、龍王に注進におよんだからである。第9回の冒頭は、漁師と樵夫とはいえ、学のあるこのふたりの隠者たちによる、いささか退屈な詞《うた》のやりとりがえんえんとつづく。

ところで、「魏徴斬龍」のエピソードは、明刊本にはじめて登場したわけではなく、元刊本『西遊記』のいずれかにすでに含まれていたと思われる。明初の永楽六年(一四〇八)に編纂された『永楽大典』巻一三一三九に「夢斬涇河龍」の項あり、このエピソードの原形が引用されている。それによると、張稍は張梢となっており、また李定は樵夫ではなく漁師ということになっていて、つまりは「ふたりの漁師（原文は「両箇漁翁」）」なのである。これについて、太田辰夫氏は次のようにのべた。

最初に張梢と李定という漁夫の名がみえる。「梢」は「稍」などに作ることもあり、船尾のことで、「梢公」といえば船頭の意となる。「定」とはいかり、または船を繋ぐ石をいう。ともに漁夫としては適切な名である。明本で張梢のみを漁夫とし、李定を樵夫とするのは命名の由来から外れている。（太田一九八四、169）

薪と釣針

李定の詞のなかにふたりの職業を象徴的に述べているつぎの対句がある――

採薪自有仙家興　　薪《たきぎ》を採れば自《おの》ずから仙家の興《きよう》あり
垂釣全無世俗形　　釣《つりばり》を垂れなば全く世俗の形《すがた》なし

ここでは、薪が樵夫の、釣針が漁師の、それぞれのシンボルとなっていると見ることができよう。

薪は、五行《ごぎょう》でいえば木《もく》にあたり、釣針は金《きん》(メタル)にあたる。木と金は、煉丹術においてもっとも象徴的かつ基本的な物質である汞《こう》(水銀)と鉛のそれぞれ五行的な表現にほかならない。この木(汞)と金(鉛)によって生み出される丹すなわち「嬰児」が玄奘三蔵であるから、張稍と李定とのあいだで交わされる退屈な詞のやりとりもまた、「嬰児」誕生の遠いきっかけとなっているのである。

玄奘の「受胎」

ともあれ、このふたりの会話を発端として、話は「魏徴斬龍」へ、太宗の地獄めぐりへと進んだあげく、玄奘が登場することで「嬰児」の誕生ということになる。かくして、貞観十三年九月、三蔵は西天をめざし長安を出発することになるのだが、それが第13回に設定されていることについては後述するとして、第9回冒頭の張稍と李定のやりとりも、貞観十三年に設定されているのである。

三蔵すなわち「嬰児」誕生の遠いきっかけとなった張稍と李定のやりとりは、これを「嬰児」誕生のための観念的な「受胎」と考えるならば、貞観十三年の正月ごろのできごととして設定されているのではなかろうか。閏月をも計算に入れるなら、正月に「受胎」、九月に「出産」というのは不自然ではない。「魏徴斬龍」のことも、張稍と李定のエピソードの直後であり、かくして、玄奘登場すなわち「嬰児」誕生のことは、第9回から挙げて準備されていたといえるであろう。

3　聖胎か凡胎か

凡胎は重い

「嬰児」としての三蔵は、「聖胎」すなわち聖なる胎児《はらご》であると意識された。とはいえ、『西遊記』の物語世界を成りたたせるには、三蔵が万能の「聖胎」であってはおもしろくない。かれのからだが俗人のものだという事実を、この物語世界はひとつの前提としているからである。俗人のからだを、凡胎という。肉眼凡胎ともいう。神仙のように空中を遊行することはできず、飢渇すれば飲み食いしなければならず、したがって排泄する。

いっぽう、三蔵の西天取経の旅を守護する弟子たち、すなわち孫悟空・猪八戒・沙悟浄それに龍馬は、もともとは妖怪の属であるから、凡胎ではない。したがって、程度の差こそあれ、かれらはいずれも、空中を飛行したり、いろいろなものに変化《へんげ》したりできる。

申すまでもなく、悟空がその神通力にかけてはピカ一で、ひとつ觔斗《とんぼがえり》すれば十万八千里ひとっ飛びという、すばらしい觔斗雲《きんとうん》の術をもっている。悟空がひとっ飛びできる十万八千里とは、じつは、長安から釈迦まします西天は大雷音寺までの距離に等しい。

ならば、悟空が三蔵をおんぶしてひとっ飛びすればよさそうなものだが、いかな悟空でも、凡胎の人間をおんぶしては飛行できないということになっている。凡胎とはすなわち、地上の重力の支配下にある存在であるから、神仙や妖怪などの神通力をもってしても、重力には克《か》てぬということらしい。

第43回にて黒水河を渡ろうとするとき、「おまえたちで相談し、だれかがわたしをおんぶして渡しておくれ」と頼む三蔵にたいし、ずるい悟空は、「八戒ならできます」という。すると八戒、「いや、だめだよ。人をおんぶして雲に乗ったら、三尺も飛べないよ。『凡人を背負えば丘より重し』ということわざもあるじゃないか。おんぶして水を渡っても、おいらもろとも沈んでしまうさ」というのである。

悟空と八戒とのあいだでは、「お師匠さま」の重さがしばしば話題になった。「お師匠さまのからだは凡胎だから、泰山より重い」という八戒にたいし、悟空が「泰山をうごかすは芥子《けし》つぶのごとく軽く、凡夫をたずさえては紅塵《げかい》を脱し難し」ということわざを引いたりもする（第22回）。

なればこそ、悟空たちは凡胎の三蔵を守りつつ、十万八千里の地上をひたすらあるくこと五千と四十日、十四年の歳月をかけて西天に到達したのだった。一日平均にすると、二十一・四里。唐代の一里は約四四〇メートルだが、この小説ができた明代の一里は約五〇〇メートルであるから、一〇キロメートルあまりということになる。一日の走行距離が一〇キロメートルというのは、いかにもおそい。もっとも、行くさきざきでの受難による遅滞があるので、それを計算に入れると、一日平均一〇キロメートルというスピードになってしまうのである。

凡胎を脱する

ともあれ、こうして三蔵たち一行は、第98回、釈迦まします大雷音寺のある霊鷲山《りょうじゅせん》のふもとを流れる川に着いた。丸木橋が一本かかっていて、「凌雲渡《りょううんのわたし》」と書いてある。孫悟空だけは渡るが、三蔵はもちろん、猪八戒でさえこわがって渡ろうとしない。「雲に乗っていくから、いいだろ?」という八戒に、悟空は「なにがなんでも、この橋を渡らなきゃ、成仏できないんだぞ」と叱りつける。

一同さわいでいるところへ、渡し舟がやってきて、馬もろとも乗せてくれる。すると、上流から死体がひとつ流れてきた。悟空はにっこり笑って、「こわがることはありませんよ。あれは、お師匠さま、あなたなんです」という。船頭(じつは接引仏祖)も、「そうだ、そなたじゃ!

いともかるがると、岸にとび移った。そのすぐあとに見える詩――

めでたやな、めでたやな！」と、はやしたてる。舟が対岸に着くと、三蔵は身をひるがえし、

脱却胎胞骨肉身　凡胎の骨肉より脱却し
相親相愛是元神　全てを愛すはこれ元神
今朝行満方成仏　行満《ぎょう》ちて今こそ成仏し
洗浄当年六六塵　六六の塵を洗浄したり

第一句の「脱却胎胞（胎胞《にくたい》を脱却す）」が、凡胎を脱する、すなわち脱胎のことである。あたかも蟬や蛇などが殻から抜け出て蛻変《ぜいへん》するように、修行の果てに凡人がみずからの肉体を脱し、仙人となることである。いわゆる昇仙と似ているが、昇仙は肉体もろとも天の高みに昇ってしまうこと。脱胎は、ぬけがらとしての肉体が死体としてのこるが、あとで魂がそのぬけがらをとりもどすから、ふつうの死体のように物質としてのこり腐敗することはない。もとの肉体をとりもどした魂は、見かけ上はもとの凡胎に似ているが、しかし、すでに飛行も水上歩行もできる神仙の身になっているのである。

三蔵もまた、凌雲渡にて脱胎したので、身をひるがえし、いともかるがると、岸にとび移る

ことができた。さらに釈迦如来より経典をいただき東土へかえるにあたっては、八大金剛の雲に乗ることもできた。

脱胎と成仏

脱胎とは、道教的な概念である。仏教的にいうと、さきに挙げた詩の第三句にも見える「成仏《じょうぶつ》」で、すなわち、煩悩《ぼんのう》から解き放たれた解脱《げだつ》ということである。

『西遊記』は、表面上は一貫して仏教的な色彩に塗りこめられており、道教については、むしろ悪玉の役を振りあてられている。しかし、その根底には、道教的な概念が目だたぬように、だがきわめて濃密にちりばめられている。

たとえば、三蔵は前世において、釈迦の高弟のひとり金蟬子《こんぜんし》であった。すなわち、すでに「成仏」した存在であった。ところが、釈迦説法のとき、ちょっとした罪を犯したため、人間《じんかん》に降生させられ、俗人の女の胎内に宿され、つまり投胎し、凡胎としてこの世に生を享けた。やがて、西天取経の功により、脱胎し、第100回末尾において「栴檀功徳仏《せんだんくどくぶつ》」として、ふたたび釈迦のおそばに侍るを得て、ここにおおいなる円環を結ぶのである。

ところで、金蟬ということばも、もとはといえば道教的煉丹術の概念である。鉛と汞(水銀)による煉丹で生じた聖胎が三百日にて胎を出ることを「金蟬脱殻《だっかく》」というが、三蔵の前世での

図1　《普賢変図》(部分)　玄奘取経図(模写)

名は、これによる。釈迦の高弟の名としてはいかにもふさわしくない道教的名辞なのであるが、鉛汞による煉丹で生じた聖胎であることを暗示すべく、必須のものなのであった。

かくして、三蔵は、聖胎と凡胎とのあいだを往還していた両義的な存在であったことがわかるであろう。三蔵のからだのこのような両義性が確立したのは、もちろん明刊本においてである。明刊本が成立するまでの、いくつかの先行資料においては、三蔵の高僧ぶりは強調されるものの、身体論としてはあいまいなままであった。

楡林窟壁画の矛盾

たとえば、敦煌莫高窟《とんこうばくこうくつ》の東方約一〇〇キロメートルの楡林窟《ゆりんくつ》第3窟の壁画を見よう。《普賢《ふげん》変《へん》図》と題する巨大な画面の左端に、断崖の上に立つ玄奘が画面中央の普賢菩薩を拝しているすがたが描かれている(図1)。背後に馬とサルをしたがえているが、馬の背には、祥光を発する経典の包みをのせた蓮の台《うてな》がある。明らかに、西天からの帰路であり、その証拠に、玄奘のあたまは頭光《ずこう》にかこまれている。すでに凡胎を脱したのだ。にもかかわらず、断崖で行く手をはばまれ、玄奘は普賢菩薩を拝し、背後のサルは雲を呼んでいる。孫悟空の前身らしく神通力をもっていると見受けられるが、ならば、凡胎を脱した玄奘を西天から雲に乗せ一気に東土まで飛べばよいものを、ここまでは徒歩で来たらしい。断崖にはばまれた海の上だけを、サルの呼んだ雲に乗って飛行するというのは、すじだてがまだ成熟していないことを示している。

『西遊記』のなかの矛盾

とはいえ、明刊の世徳堂本においても、孫悟空の雲に乗れないはずの三蔵の凡胎をめぐる矛盾が見られる。

ひとつは第46回、三蔵は車遅《しゃち》国にての三道士との法力くらべにおいて、五十脚のテーブルを一脚ずつ積みあげたそのてっぺんで坐禅することになった。そこにのぼるには、「手を使ってはだめ、また梯子《はしご》を用いても」だめ、「それぞれ一朶《いちだ》の雲に乗」ってのぼらなければならない。そこで悟空は「五色の祥雲をつくると、三蔵をつかんで空中へ、まっすぐ東側の台のてっぺんに坐らせ」た。

もうひとつ、第71回、妖怪の賽太歳《さいたいさい》にさらわれた朱紫《しゅし》国の皇后をめでたく救出し、その妖怪の住まいから三千里もの朱紫国まで連れかえるのに、悟空は「一匹の草龍」を編んで皇后にまたがせ、「いつもの神通力」つまり觔斗雲に乗せた。皇后、もとより凡胎である。

この二例とも、凡胎の俗人をおんぶしては悟空といえども飛行できないという『西遊記』の大原則から逸脱した矛盾である。さきに引いた悟空や八戒のことばにも見えるように、「お師匠さまのからだは凡胎だから、泰山より重い」のだ。この矛盾は、おそらく、世徳堂本を最終的に集大成した人物が複数いたがために生じたミスであろうと思われる。

複数作者なるがゆえと思われるこの種のミスは、さきに挙げた凌雲渡での三蔵の脱胎にも見られる。凌雲渡には、丸木橋が一本かかっていた。おもしろいことに、『西遊記』に登場する唯一の橋である。三蔵は、どんなにこわくとも、細くてつるつるすべるこの丸木橋を渡らなければならない。そして、当然のことながら、途中で川に落っこちる。そこへ渡し舟が来て助けあげる。すると、死体がひとつ流れてくる――と、こうなるべきではなかろうか。生ま身の三蔵が川に落っこちもしないのに、渡し舟に乗っただけで脱胎し、そのぬけがらが流れてくるのはおかしい。

橋は、異界への通路である。それを一歩でも踏みしめることで三蔵の脱胎・成仏が可能になるはずであるが、ここもまた、最終的な集大成にあずかった人物が複数いたがために生じたミスといえる。そのことは、またあとで触れるであろう。

4　三蔵の清浄な肉

妖怪どもがねらう清浄な肉

凡胎とはいえ、三蔵のからだは、やはりわれわれ俗人どものそれとは異なり、清浄そのものなのであった。「母親の胎内にいるときから精進をして、子どものときから、なまぐさは食べません」とは、三蔵みずからの証言である(第19回)。

三蔵一行の旅を待ちうける妖怪どものネットワークにも、三蔵の肉のありがたさは情報としてあまねく伝わっていた。妖怪どもは、ふだんはそこらの人をつかまえて、その肉を食らっている。ありきたりの人肉にはあきあきしていた妖怪どもは、三蔵の通過をいまかいまかと待ちうける。第32回、かの金角大王は、「この唐の坊主ってえのはな、金蟬長老が下界にくだり、十世にわたって修行したというすごいやつなんだ。おまけに、ただの一度も女を抱いたことがないそうだ。こんなやつの肉を食ったら、不老長寿まちがいねえぞ」と、銀角大王に説明する。

似たせりふは、第40回の紅孩児も、第43回の黒水河の妖怪も、第74回の獅駝《しだ》洞の第三大王も、第85回の南山大王も、みな口にする。

三蔵の肉の食らいかたについては、通天河の霊感大王は、「刀をよく研《と》いで、この坊主の腹を割き心臓をえぐり、皮を剝ぎ肉をそぐんだ」と子分に命令するし(第48回)、玄英洞の親分三匹は、三蔵をまるはだかにさせ、「谷川から汲んできた清水できれいに洗い、それからこま切れにし、蘇合《そごう》香油でいためて食べよう」という(第91回)。ふつうは、蒸籠《せいろ》で蒸《ふか》して食おうといっている。

三蔵の肉を食ったら「不老長寿まちがいなし」というほかに、金峴《きんとう》山の独角兕《どくかくじ》大王のように、「三蔵の肉をひとかけらでも食ったら、白髪《しらが》は黒くなるし、抜けた歯もまた生える」(第50回)という、つましい希望にとどまるやつもいる。

いずれにせよ、妖怪どもは、凡胎とはいえ三蔵は、前世は金蟬子であり、釈迦によって下界に流され、十世(三百年)の修行ののち投胎転生した、たっとい身だということを知っているのだ。三百年とは地上の時間、天界では三日である。

それにしても、凡胎の身でありながら、かくも清浄なありがたい肉をもっているとは、矛盾しているのではなかろうか。

聖性と純潔性

そのことを明らかにするために、『西遊記』の登場人物のすべてを、聖性《サクロサンクテイティ》と純潔性《チヤステイテイ》とい

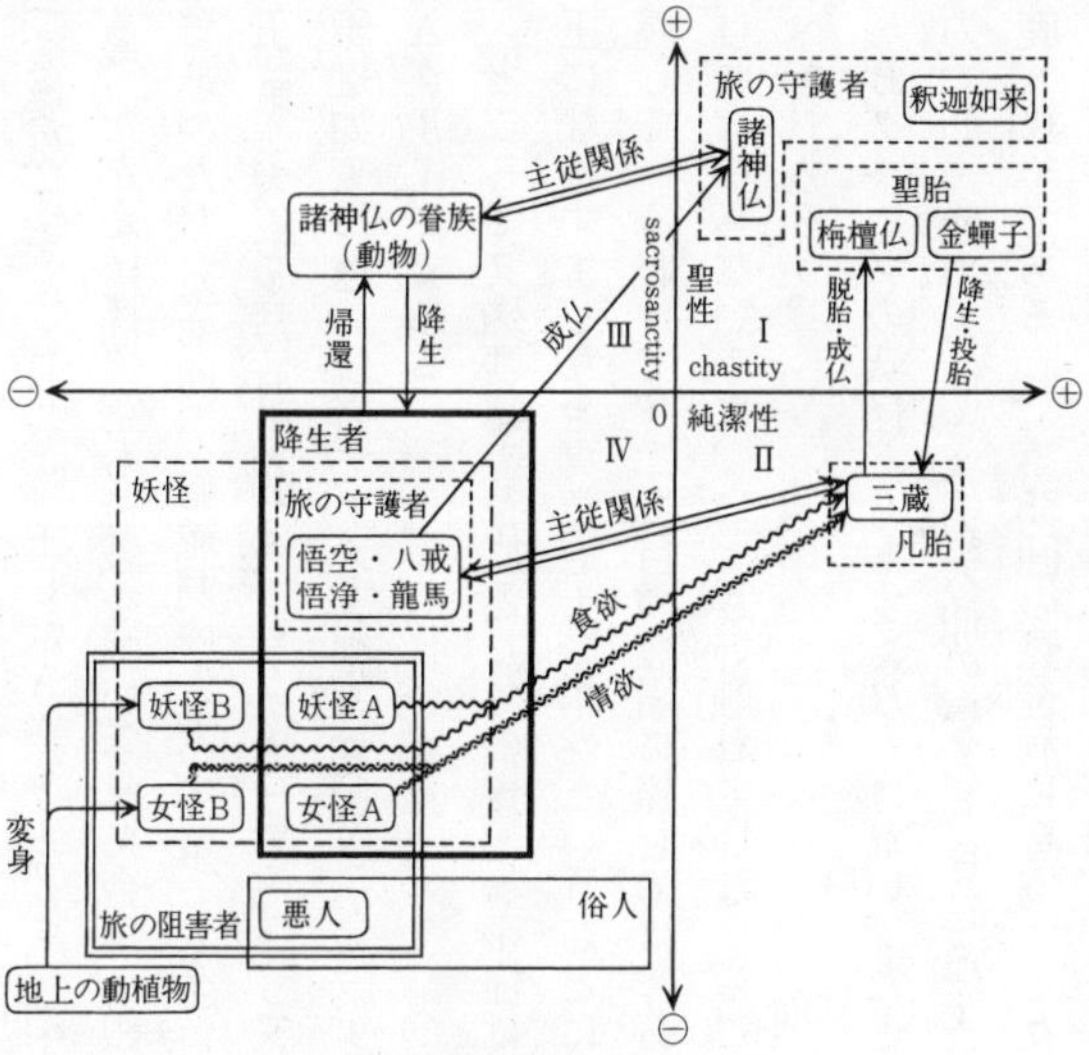

図2 『西遊記』登場人物の相関図

う二本の軸でプロットしてみよう(図2)。

われわれ俗人どもは、聖性ゼロ、純潔性も人により差異があるにしろ、マイナス領域のⅣに位置する。三蔵は、凡胎とはいえ、もとはといえば、聖性と純潔性が支配する極楽世界(天界)の住人である金蟬子であり、降生・投胎して凡胎の三蔵となったとはいえ、純潔性まで失ったわけではなかった。だから、金蟬子(Ⅰ)→三蔵(Ⅱ)→梅檀仏《せんだんぶつ》(Ⅰ)という、降生・投胎と脱胎・成仏との往還が可能だったのである。

妖怪どもの位置づけ

いっぽう、三蔵の旅の阻害者として

は、稀にただの悪人もいるが、おおむねは妖怪である。その妖怪どもも、天界諸神仏の眷族《けんぞく》が「娑婆気《しゃばつけ》」をおこして降生したAグループと、地上の動植物が変身したBグループとに分かれる。たとえば孫悟空も苦戦を強いられた金角・銀角は、太上老君の金炉・銀炉の番をする童子であったし(第35回)、獅駝洞の大大王(第一大王)青毛獅子怪《せいもうししかい》・二大王(第二大王)黄牙《こうが》老象《ろうぞう》・三大王(第三大王)雲程万里鵬《うんていばんりほう》は、もとはといえば、それぞれ文殊菩薩《もんじゅぼさつ》の青獅子、普賢《ふげん》菩薩の白象、釈迦如来《しゃかにょらい》の遠い縁者である大鵬金翅鵰《たいほうきんしちょう》ということになっている(第77回)。かれらは、いずれもAグループである。

ところで文殊菩薩の眷族としての青毛獅子怪は、第37~39回において、烏鶏《うけい》国王を殺して国王になりすました全真教道士の本性ということになっていた。つまり、この獅子怪はダブル登場しているわけで、二度目の登場に際しては、あるじの文殊菩薩たる者、そのことを叱責しなければならないのに、いっさい触れていない。これまた、複数の作者なるがゆえのミスというべきであろう。

Bグループの妖怪どももすくなくはない。たとえば、第44~46回の車遅国の段に登場する虎《こ》力《りき》大仙・鹿力《ろくりき》大仙・羊力《ようりき》大仙のいんちき三道士は、もともとはそれぞれただの黄毛虎《こうもうこ》・白毛鹿・羚羊《れいよう》であるし、第55回の琵琶《びわ》洞に登場する女妖は、蝎子《さそり》の化けものであった。地上の植物が変身した唯一の例としては、第64回荊棘《けいきょく》嶺の段における樹精たちを挙げることができる。

いずれにせよ、三蔵の旅の阻害者たる妖怪どもは、三蔵の清浄な肉を食らい、それに内在する聖性のゆえに不老長生を得るであろうことを期待している。天界諸神仏の眷族としてのAグループは、もともとは眷族なるがゆえのある種の聖性を保持しており(Ⅲ)、もし三蔵の肉を食らえば、諸神仏そのもの(Ⅰ)に昇格できるという期待があったかもしれないが、じっさいは、わるさをしたあげくに、それぞれのあるじの眷族としての地位に帰還するだけである。

Bグループの妖怪どもはといえば、より下級の地上の動植物にすぎないのであるから、天界への「帰還」どころではないのだが、かれらとても、不老長生を得て、「あわよくば」せめてⅢの領域に昇格したいと待ちかまえている次第なのだ。

ハンサム三蔵の変貌

ところで、凡胎ながら清浄このうえなしの肉体をつつむ三蔵の、外見的な風貌はといえば、ハンサムということになっている。具体的には、たとえば、「丸い頭に、でかい顔、耳は肩まで垂れさがり、肉は柔らか、皮はきめが細かく、……」(第28回)といったところだ。「耳は肩まで垂れさがり」というのは、貴人の相の表現として古来ありふれたものである。「色が白くてふっくら」(第40回)ともいわれている。

こんなハンサム三蔵でも、醜く変貌させられたことがあった。第30回、宝象国《ほうぞう》の王女をさらって妻にした黄袍怪《こうほうかい》は、国王をだますために、国王のかたわらに立っていた三蔵に水をプッと吹きかけ、虎に変身させてしまった(図3)。ために、「唐の和尚は虎の精だ」といううわさがまちじゅうにひろがる。妖怪の魔法による変身とはいえ、三蔵にとっては異常な体験であった。

図3　李卓吾先生批評本『西遊記』第30回さし絵

『西遊記』における虎

第13回、たったひとりで長安を出発したとたんの三蔵は、双叉嶺《そうされい》にて寅《いん》将軍・熊山君《ゆうざんくん》・特処士《とくしょし》に捕えられ、食われそうになる。寅将軍とは、もちろん虎の精《ばけもの》、特処士とは野牛の精である。そのときは太白金星によって助けられるが、すぐまた山中で二匹の虎に襲われそうになる。その危機を救ったのは、虎狩りの名人である劉伯欽《りゅうはくきん》。

出発していきなり虎に悩まされた三蔵だが、孫悟空を収服(味方に引き入れ服従させること)してからは、『西遊記』に登場する虎は、みるみる弱くなる。第14回、三蔵によって五行山の岩のすきまから助けだされた悟空は、「赤淋淋《せきりんりん》（すっぽんぽん）」のすがただったので、山ひとつ越えたところでとび出してきた虎をぶち殺し、その皮を剝いで腰巻きにした。このことは、悟空が虎を従者としたに等しいのではあるまいか。それはまた、三蔵が虎を従者としたことでもあろう。

第44〜46回の車遅国の段で、道士に化け国王をだましていた三大仙のうちの虎力大仙は、悟空との首斬りくらべをする。悟空は首を斬られてもまた生えてきたのに、虎力大仙は斬られた首を悟空によってどぶに捨てられてしまい、そのまま死んでしまうことになる。虎の出番は、これで終わった——。

虎の皮による変身

ところで、黄袍怪によって三蔵が虎に変身させられたというエピソードは、どう解すべきであろうか。虎の皮は、変身の契機である。中国の民話において、雌の虎がその皮を脱いで人間の女に化け、結婚して子をもうけるが、のち皮を着て虎にもどり山中にかえるという、「虎女房」型の異類婚姻譚があるのを思いだしていただきたい。三蔵にとっては、妖怪に捕えられ、その洞窟なり、箱なり、長持なりに閉じこめられるのは、物語の表面上の展開とはまたべつに、降生・投胎から脱胎・成仏への、つまり再生のための小さなくり返し運動であった。妖怪の法力によるものにせよ、変身もまた、再生の儀式のひとつだったのである。それはあたかも、石卵から生まれた孫悟空が、ことあるたびにひょうたんシンボリズムを帯びた何ものかにもぐりこみ、あるいは閉じこめられ、再生をくり返さなければならなかったのと同様である(中野一九九三、73〜89)。しかし、第30回において三蔵が虎に変身させられたというこのエピソードは、ほかにもさらに深い意味をもっているようだ。そのことは、Ⅳ「変換ものがたり」においてくわしく述べるであろう。

清浄そのもののはずの三蔵のからだも、時あってこのようなあいまいさ《アンビギュイティー》をもっていることが提示されているわけだが、それは、女怪どもの「色じかけ攻勢」において、いっそう明らかになるはずである。

5　三蔵のスペルマティック・クライシス

食欲と情欲

さきに挙げた図2で見たように、妖怪どもは、天界からの降生者であるAグループも、地上の動物が変身したBグループも、ともに三蔵の清浄な肉を食らわんと翹望《ぎょうぼう》していた。ところが、女怪どもとなると、三蔵のからだにたいする欲望は、すこしく異なっていた。

女怪どもは、清浄無垢のからだをもつハンサム三蔵を誘惑し、その「元陽(元精とも。つまり精液)」の気をうばおうとねらっていたのだが、いっぽう、妖怪どもがねらう三蔵の肉は、金角大王のことばにあるように、「ただの一度も女を抱いたことがない」がゆえに、清浄このうえなかったのである。つまり、三蔵の肉にたいする妖怪どものいわば「食欲」と、三蔵の「元陽」にたいする女怪どものいわば「情欲」とは、アンビヴァレントな関係にあるといえよう。

三蔵女難の連鎖

さて、女怪どもにねらわれる三蔵のいわゆる「女難」は、西梁《せいりよう》女国と琵琶洞女怪の段(第54・55回)にはじまり、荊棘嶺の段(第64回)、盤糸《ばんし》洞の段(第72回)、地湧《ちよう》夫人の段(第80~83回)、天竺にせ公主の段(第93~95回)と、ほぼ等距離にならんだ、いわば連鎖をなしている。

かれの一連の「女難」を予告するできごとが、第53回で起こる。三蔵と猪八戒が、子母河《しぼか》の水を飲んで妊娠したという珍事である。子母河とは、女だけが住んでいる西梁女人国の東を流れる川で、その国の女たちは、はたちを過ぎると、みなこの川の水を飲む。三日たったら、照胎泉に自分のすがたを照らし、もし影がふたつ見えたら妊娠、ということになる。男がいなくとも「単性生殖」できるこの女人国のシステムは、しかし、それぞれ源流を異にするふたつのモチーフに分かれる。すなわち、水を飲んで妊娠するというモチーフと、女だけの国というモチーフと。このふたつのモチーフの来源については、すでに書いた(中野一九八一。一九九四b、133〜200)のでくり返さないが、三蔵がぶつかった珍事について、べつの角度から考察しよう。

三蔵のスペルマティック・ポジション

ふつう、妊娠にいたる経過は、男女の性交→射精→受胎→妊娠であること、申すまでもない(図4のI)。しかし、中国の性典においては、性交しても射精せず、いわゆる「還精補脳」することが男の健康によいとされる(Ⅲ)。「還精補脳」とは、性交《コイトス》にあたって、精液を漏らさずに脊髄に還流させ、脳髄を補うという、中国房中術の特異な秘法であるが、その重要な側面は、オルガスムに達しても「不漏精(不泄精・未泄精とも)」ということである。

ところで、三蔵は清浄なからだのゆえに、一滴たりとも「元陽」を漏らしたことがないという。いわゆる「還精補脳」の「不漏精」と、三蔵の「不漏精」とは、性交の有無のちがいがあって本質的に異なるのだが、「不漏精」の三蔵の肉を食すれば不老長生まちがいなしという妖怪どもの期待の根拠は、「還精補脳」による健康保持の理論からのアナロジーにもあるのではなかろうか。

いっぽう、女人国の女たちの妊娠は、性交および精液の非在のゆえに、表面的には「不漏精」の三蔵と同じ位置を占める(Ⅳ)。しかし、彼女たちが妊娠するために飲む子母河の水とは、このモチーフの源流となっているインドのカーシャパ仙の説話がそうであるように、精液のアナロジーにほかならない(Ⅱ)。

では、「不漏精」の清浄なからだの男たる三蔵が妊娠したという、第53回の荒唐無稽な話はどう説明さるべきなのだろうか。その答えは、おそらく第55回に見いだせるであろう。

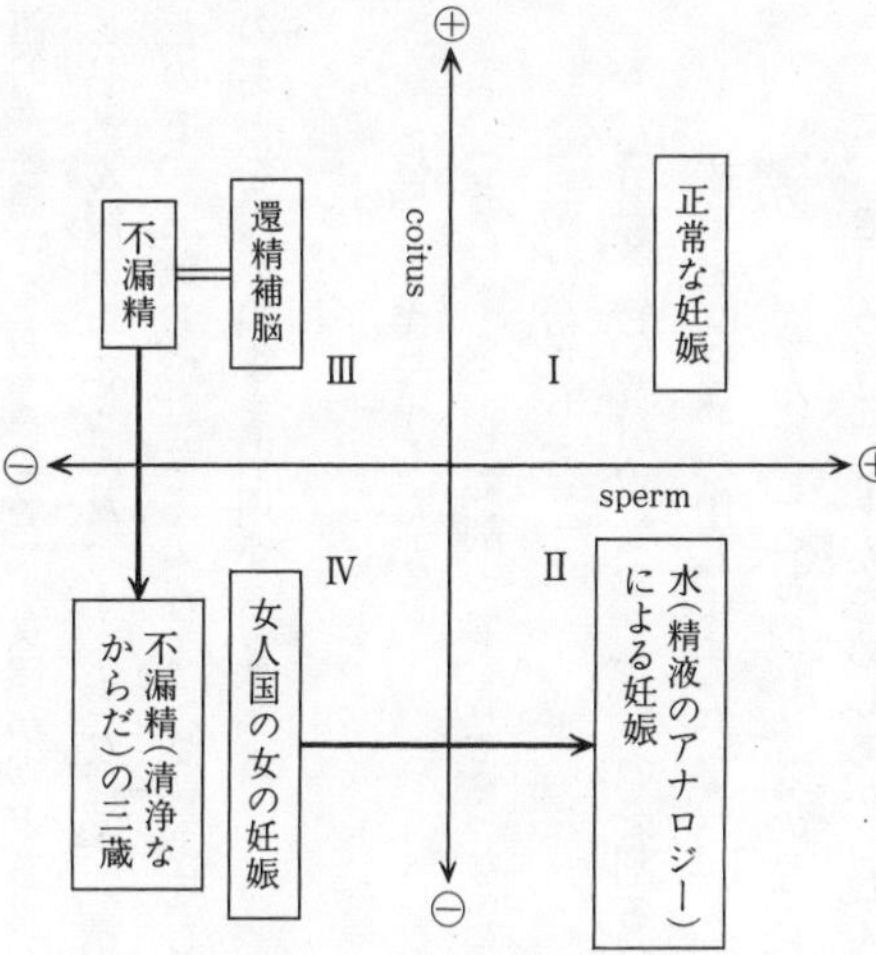

図4　三蔵のspermatic position

「水高」まんじゅうの秘密

子母河の水を飲んで妊娠した三蔵と猪八戒は、孫悟空が手に入れた落胎泉の水を飲んでめでたく流産し、西梁女国にはいった。ところが、そこの女王が三蔵を婿に迎えて国王になってもらいたいという。その危機からやっと脱したとたん、琵琶洞の女怪が三蔵をさらっていった。すると、女怪の子分が人肉饅頭《まんじゅう》とこしあん饅頭(原文は「鄧沙餡的素饝饝」）をもってきた。女怪が、どちらかえらべという。三蔵は当然のこと、精進もののこしあん饅頭をえらんだ。すると女怪が「精進饅頭をひとつ取って割り、半分を三蔵に渡し」たので、三蔵もやむなく「なまぐさ饅頭をひとつ取り、割らずにそのまま女怪に渡し」た。そのあとを、そのまま引用すると——

女怪、ニヤニヤしながら、

「あら、どうして割ってくださらないの？」

三蔵は合掌し、

「出家した者が、なまぐさものを割るなんて、できませぬ」

すると女怪めが申しますに、

「あら、そんなことおっしゃるのなら、ついこないだ子母河で水高《すいこう》をめしあがったくせに、きょうはこしあんをめしあがるなんて、なぜ？」

三蔵は答えました。

「水高く船去ること急に
沙陥《おとしあな》に馬行くこと遅し」（岩波文庫㈥、166〜167）

女怪のことばのなかに見える「水高」が鍵となる。三蔵が「ついこないだ子母河でめしあがった」のは、水であるが、そのために妊娠したのであるから、「水高」には二重の意味があると見なければならぬ。すなわち、いま目のまえにあるこしあん饅頭とくらべうる食品であるとともに、かつ「なまぐさもの」でもあるということだ。「高 gāo」と音通の「糕 gāo」は、米粉や小麦粉でつくった蒸しパンふうの食品であるから、こしあん饅頭と対比させるにはちょうどよろしい。もっとも「水糕」となると、たちまちイメージに窮するが、日本でも「水饅頭《みずまんじゅう》」などと称する夏菓子があるから、それはよしとしよう。

とはいえ、「水糕」がなぜ「なまぐさもの」なのか。「高」→「糕」の音通は、さらに、「睾 gāo」すなわち睾丸・精巣の意を隠していると見なければならないであろう。「水高」とは、かくして「水のなかに隠れていた精巣」であり、したがって、それを「子母河でめしあがった」三蔵も、男だてらに妊娠したということになろう。あるいは、その「水睾」とは、三蔵その人のものであるという暗示かもしれない。清浄であるべき三蔵を、これからしばしば訪れる「精液の危機《スペルマティック・クライシス》」は、かれが子母河に「水睾」を隠したことから生じた。その「水睾」は水中に「漏精」したが、さいわい、それは女人の胎内にははいらず、自分で飲んでしまったがために、男だてらに妊娠した、ということになるだろう。それゆえに、今後の「スペルマティック・クライシス」をまぬかれることができるのである。

ところで三蔵は、女怪がいった「水高」の意味をまったく理解できなかった。そこで、「水高」を正直にそのまま字づらどおりに取って、「水高く(水かさが増して)船去ること急に」と受けたのだが、「沙陥《おとしあな》に馬行くこと遅し」の「沙陥(砂地・砂漠のなかのおとし穴) shāxiàn」は、こしあんと訳した「鄧沙餡 dèngshāxiàn」にひっかけているのである。ちなみに、「鄧沙」とは「澄沙 dèngshā」に同じで、こしあんのことである。

「どんなお経を取りに行く気?」

さて、くだんの女怪は寝所に三蔵を連れこんで、あの手この手でかれを籠絡しようとした。詞によれば、「かの女怪/胸重ね腿絡《から》ませ契り結ばん/この唐僧/面壁し達磨《だるま》大師を訪《おと》なわん」と、いかにも同衾したかのようであるが、地の文を見ると、「このふたり、ぽつりぽつりとことばを交わすだけ」、でも女怪は「夜中までまつわりついて」いた。あきらめた女怪は三蔵をしばりあげ、ひとりで寝てしまった。あくる朝、女怪は、助けにきた孫悟空に三蔵が「お経を取りに行く」といっているのを耳にしてどなりつけた。

「夫婦《めおと》らしいこともしてないってえのに、どんなお経を取りに行く気なのさ?」

「お経を取りに行く」とは「取経 qǔjīng」だが、じつは「取精 qǔjīng」にも掛けているであろう。つまり、「夫婦らしいことをしていない(精を漏らしていない)のに、どうして自分の精液を取りに行くのか」と、暗に皮肉っているのである(後述)。

なお、「経」と「精」は、いまではともに同音(jing)であるが、明末では「経」はkiang、「精」はtsingと、異なる音であった。ki-とtsi-がともに舌面音化してji-になるのは清代になってからであるが、『西遊記』のような通俗小説では、「似た音」同士のいわば「音通」現象はしばしば見られることだった。

この琵琶洞の女怪に劣らぬスペルマティック・クライシスに見舞われたのが、第80〜83回の地湧夫人の段である。

この女怪は、山賊につかまり木にしばりつけられたと称して三蔵に救いを求める。まに受けて助けてやろうとした三蔵、だまされるなとの悟空の言にいったんはしたがい、その場を離れる。くやしがる女怪のひとりごと——「あの唐僧は童貞の身でひたすら修行にはげみ、一滴たりとも元陽を漏らしたことがないという。だからこそ、つかまえていって夫婦《めおと》となり、あわよくば太乙《たいいつ》金仙にでもなろうと思ったのに……」。

似た表現は、第79回の比丘《びく》国の段における、国王をたぶらかす国丈(じつは妖怪)のことばにも見られる。すなわち、「神僧は十世も修行を積まれ、元陽を漏らしたことのない清浄なお方ゆえ、その心肝をいただけば、子らのものより一万倍も効きめがあるというのです」。妖怪どもことごとくが食いたがる三蔵の肉の清浄性は、金蟬子が降生したからというにとどまらず、

「不漏精」のゆえだということが明らかになったわけだが、それだけに、さきに述べたように、妖怪どもが三蔵の肉にたいして抱く「食欲」と、女怪どもがかれの元陽にたいして抱く「情欲」との相互補完的な、あるいはアンビヴァレントな関係がいっそう理解できるであろう。

めでたいプクプク

さて、第80回の女怪は、一度は置きざりにされたものの、慈悲心を起こした三蔵によって助けられたあげく、三蔵を陥空山無底洞《かんくうざんむていどう》にさらっていった。例によって、はえに化け、とらわれの三蔵のもとにしのびこんだ孫悟空、女怪退治の手順を三蔵に伝える。すなわち、女怪が祝言の盃をよこしたら、一杯だけ飲んで返杯すること、「ただし、そのとき、いそいで酒をついでやり、酒の泡をたてるんです。そしたら、おれさま、羽虫《はむし》に化けて、その泡の下に飛んでいきます。やつがおれさまを呑みこんだら最後、やつの心肝をねじ切り、肺腑をひきちぎってやります」というわけ。

ここで「酒の泡」と訳したその原文は「喜花児《シーホワル》」である。「喜」とは、婚礼に関する意味を多くふくむ。たとえば、「喜酒」は婚礼の祝い酒であり、「喜房」は新婚夫婦のへやである。そこからの派生義として、「喜」には、処女膜あるいはまた懐妊の意もふくまれる。

さて、「喜花児」とは、いま挙げた悟空のことばのなかでは、たしかに「酒の泡」にちがいない。「花児」とは、プップッ、プクプク、ないしブッブッ、ブクブクした状態を指すことが多いからである。そこで「喜花児」とは、祝言の酒をいそいでついで生じたプクプクしたもの、すなわち「酒の泡」にほかならないのだが、じつはこの「喜花児」には、べつの意味も隠されているのだ。

第83回において、この女怪の正体が明らかになったのはいいが、天界で、女怪じつは地湧夫人の義理の父たる李天王と悟空とのあいだにごたごたが生じ、女怪退治のため下界におりるのに手間どる。それをいさめる金星のことば——「よいか、天上の一日は、下界での一年にあたるんじゃよ。この一年のあいだに、その女怪がおまえの師匠を洞中にとじこめたらどうなる？夫婦になるどころか、めでたく小坊主までご誕生、てなことになりかねんぞ」。

この「めでたく小坊主までご誕生……」の原文は、「若有個喜花下児子、也生了一個小和尚児」で、直訳すれば、「もし、喜花が子をなして小坊主が生まれることにでもなれば」の意。「喜花」は、「懐妊するためのめでたいプクプク」であるから、精液にほかならないであろう。

してみると、さきの悟空の計略で、かれが羽虫に化けて酒の泡の下にひそみ、女怪の腹中にもぐりこむというのも、三蔵の精液が女体にはいることの遠い隠喩になっているのではあるまいか。したがって、この計略どおりにいくとじつにまずいのだが、さいわい、女怪がすぐにその返杯を飲まなかったために泡は消え、羽虫のすがたがまる見えになったので、女怪は指で羽虫をすくい、はじきとばしたという失敗に終わる。

桃と三蔵

そこで孫悟空は三蔵に、女怪とともに花園に行き桃の木のところで立ちどまるよう、つぎなる計略を授ける。悟空が化けたまっ赤な桃をもいで女怪にわたせば、悟空は女怪の腹中にもぐりこめるというわけだ。すると三蔵、「おまえに手があるんなら、やっと一戦まじえたらよかろうに、なんだって、やたらに腹のなかにもぐりこもうとするのだ」という。悟空がさまざまな妖怪の腹中にもぐりこむのは、かれなりの「再生」のためであるが、三蔵にとっては、女怪の体内にもぐりこむことじたい、性交を連想させる行為であったろう。

まっ赤な桃に化けた悟空は、こんどは計略どおり女怪の腹中にもぐりこんだのだが、それとはべつに、桃といえば、第27回にふしぎな三蔵のことばが見える。すなわち、白虎嶺の深い山中のこととて、お斎《とき》をもらう人家とてなく、三蔵は空腹をうったえる。雲に乗って見わたした悟空、はるかの山に桃が生《な》っているので、それをもいでくると三蔵にいった。すると三蔵はよろこんで、「出家の身で桃を食べることができるなんて、ついておるのう」というのである。

桃は果物であるから、なまぐさを忌む僧侶も食してかまわない。とはいえ、桃が女体のシンボルであること申すまでもなく、ここでそれをわざわざ口にした三蔵の真意は分明ではない。

悟空が桃をもぎにいった留守に、三蔵の肉を食らおうとねらう妖怪が美人に化け、お斎をどうぞとて接近する。そこへもどった悟空が妖怪と見破り、その美人を信心ぶかい女といいつのる三蔵に、「この女がべっぴんなものだから、俗念を起こしたんですな」という。そのことばに三蔵も恥じて、まっ赤になった。旅の初期のころは、三蔵の禅心も、桃をよろこんだり、「俗念を起こし」かけたりもしたのだった。この桃のエピソードが、後半に頻出する女難のいわば予告になっているように思われるのである。

なお、十三世紀南宋の末に刊行された『大唐三蔵取経詩話《だいとうさんぞうしゅきょうしわ》』は、三蔵が「猴行者《こうぎょうじゃ》（サルの行者）」を伴って取経の旅に出るという、『西遊記』物語としては現存する最古の刊本であるが、このなかにも、三蔵がしきりに桃を食べたがる場面がある。しかし、このエピソードは、まったくべつの仙果（明刊本『西遊記』における人参果《にんじんか》）を生みだす契機にもなっていること、すでに述べた（中野一九八〇b、144〜161。中野一九九四b、91〜132）ので、ここでは触れない。

「園中に欠くるは玉茎のみ」

第82回の女怪にもどるならば、孫悟空の計略にしたがって、三蔵は女怪ともども花園におもむく。その花園の美しさをえんえんと詠んだ詞には、三蔵をものにせんという女怪の意気ごみが、建物や池や花の名に託され列挙されるが、その最後の句「園中に欠くるは玉瓊《ぎょくけい》の花のみ（原文は「園中只少玉瓊花」）」に女怪の意志が収斂される。すなわち、「玉瓊 yù-qióng」とは美玉のことで、こんな花は実在しないのであるから、これは、音が近い「玉茎 yù-jìng」、つまり男根にほかならない。女怪の欲望はますますあけすけになり、三蔵のスペルマティック・クライシスはいっそう高まるのである。

あやうく回避しえた三蔵に迫る最後のスペルマティック・クライシスは、第95回に訪れる。天竺国のにせ公主が、婿えらびと称してわざと三蔵に綉球《まり》をあて、婚儀にこぎつけそうになったところで、その正体を見破った悟空と決戦になる。そのことを詠んだ詞の第三〜六句は、「こちら　真経を取りにここまで来た／あちら　奇花を愛《め》でここに住みつく／昔から唐聖僧の噂をきいて／その元精液をば渇望してた」である。この引用分の最後の二句の原文は、「那怪久知唐聖僧、要求配合元精液」。「元精液」の語があからさまに出てくるほど、三蔵のスペルマティック・クライシスは高まっていたのだった。

6　「取経」は「取精」？

「無字経」と「有字経」

さきにも引用したが、琵琶洞の女怪が三蔵をたらしこもうとして失敗したあげく、「夫婦《めおと》らしいこともしてないってえのに、どんなお経を取りに行く気なのさ？」と悪態をつく場面がある（第55回）。「お経を取りに行く（取経）」は、「取精」にも掛けていて、つまり「夫婦らしいことをしていない（精を漏らしていない）のに、どうして自分の精液を取りに行くのか」という意になるであろうと示唆しておいた。

この謎解きは、第98回にある。三蔵一行がたびかさなる難をのがれ、第98回にてめでたく西天なる大雷音寺に到着したこと、周知のごとくである。釈迦如来にまみえ、阿難《あなん》と迦葉《かしよう》の二尊者から経典をいただき、よろこび勇んで帰途につくのであるが、ほどなく馬上の経典が狂風にあおられバラバラに飛び散る。あわてて拾い集めた三蔵一行、ことごとく一字たりとも字の書いていない白紙のみであると知って愕然とする。さては、袖の下を要求した二尊者に何もさしあげなかったがため、いじわるをされたかと、あわててひき返し、こんどこそ有字《うじ》のお経五千と四十八巻をいただくことができたのだった。

「無字経」は「無子精」？

「無字経」と「有字経」をめぐるこのエピソードは何を意味しているのだろうか。私は、「無字経 wú-zì-jīng」とは、じつは「無子精 wú-zǐ-jīng」の同音語《ホモニム》であると考える。つまり、いままで三蔵がもっていたのは、種なし精液だったのである。それとても、漏らしてはならぬというのが、三蔵の凡胎に課せられた大前提であった。

ここで思いだされるのが、第54回、子母河での「妊娠」騒動のあと西梁女国にはいった三蔵たちを見て、そこの女たちが、「人種《ひとだね》が来たわよォ！（原文は「人種来了」）」とうれしそうに叫ぶくだりである。彼女たちは男がいなくとも、子母河の水を飲むことで子をもうけることができるはずなのに、「人種」の到来は、やはりよろこばしいことだった。とはいえ、「よろこばしい」という情緒的レベルはともかくとして、「人種」を必要としない彼女たちにとっては、このくだりは矛盾であり、それゆえ、彼女たちの幻想にとどまるのである。

「西天取精」の旅

ところで、金丹煉成の過程にもたとえられる三蔵の西天取経の旅の最終目標は、金丹を煉成すること、仏教的にいい換えるなら、真経を得ることである。金丹煉成の過程を、男女性交のそれに比擬することの多い隠秘的煉丹術においては、煉成された金丹を「嬰児」という隠語で呼んだりもすること、すでに述べた（一八頁参照）。そして、その「嬰児」誕生の条件としての「魏徴斬龍」すなわち「未徴斬龍（未《いま》だ龍を斬るを徴《もと》めず）」のエピソードが第9・10回にて用意され、第11回にて「嬰児」としての玄奘三蔵が登場し、第13回にて、真経すなわち金丹としての「嬰児」を得るための旅に出発するのである。

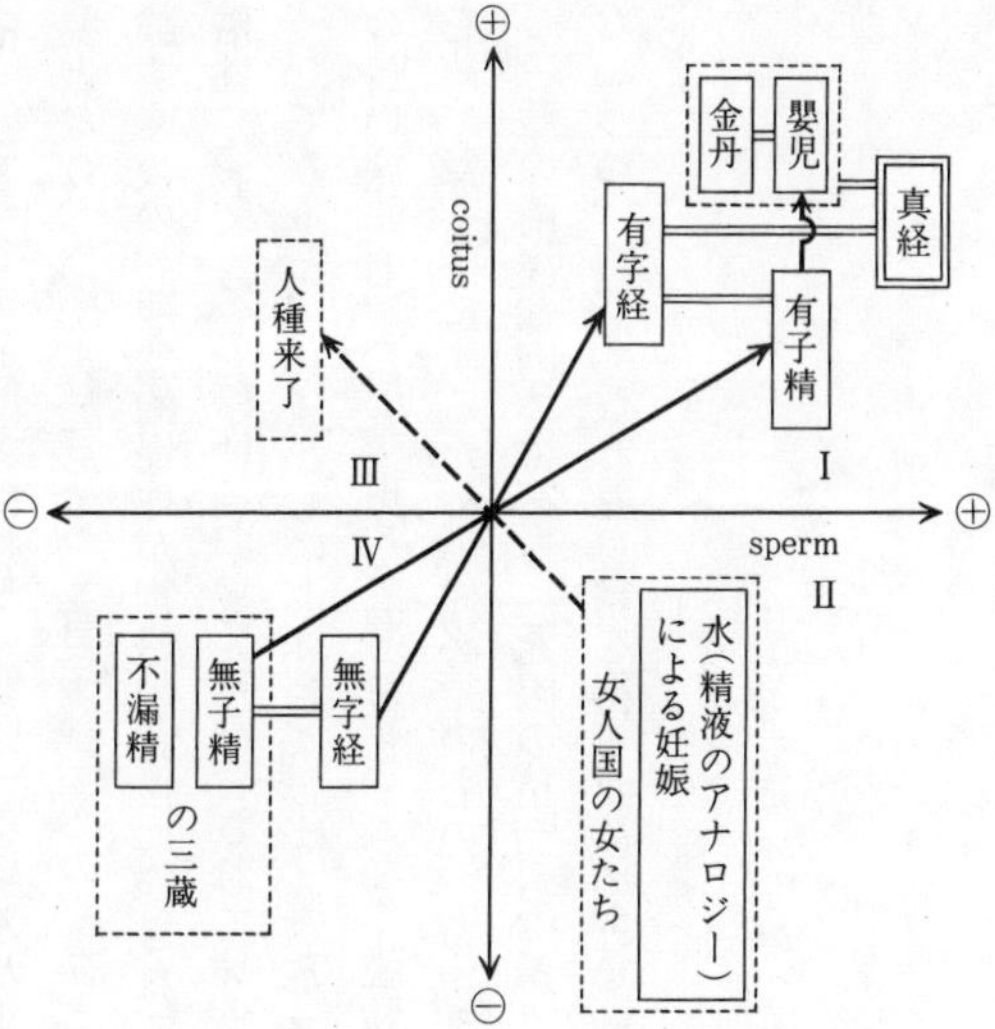

図5　三蔵の spermatic position と「無字経」「有字経」

三蔵が「嬰児」を生むためには、「無字経」すなわち「無子精」であってはならない。「有子精」すなわち「有字経」を得て、はじめて目標を達するのである。

かくして、琵琶洞の女怪が「夫婦らしいこともしてないってえのに、どんなお経を取りに行く気なのさ?」と悪態をついたことへの回答は、「有字経すなわち有子精を取りに行く」ということになろう。

三蔵の「西天取経」の旅とは、なんと(!)、「西天取精」の旅でもあったといえるのではなかろうか。このことを、さきに挙げた図4を補うかたちで、図5に示してみよう。

三蔵の清浄無垢なからだは、「無子精」なるがゆえに、そのままでは何も生みだしえない(Ⅳ)。そこで、金丹すなわち「嬰児」を生みだすべく「有子精」を得るための物語の展開が必要となり、「無字経」から「有字経」への変換というすじだてとなったのであろう。極度に理論ずくめの、観念的操作が物語の背後に隠されており、現実にはありえない三蔵のからだの世俗性(Ⅰ)が、この操作においては許容されていると思われる。

してみると、女怪どもによりしばしばスペルマティック・クライシスにおびやかされた三蔵の長い旅路も、「無子精」を漏らすことなく脱胎し、そのゆえに「有子精」を得て有字の真経をめでたく手にするための、必須のものであったということになろう。

三蔵の清浄な肉体に宿る「元陽の精」も、かくして、きわめてアンビヴァレントな性格をにないつつ、真経すなわち真精を得るための理論的支柱として、物語をささえていたのだった。

II 数字の読みかた

1　貞観十三年の謎

実在しない貞観二十七年

『西遊記』では、三蔵は貞観《じょうがん》十三年に長安を出発(第13回)、五千四十日の旅の果て、貞観二十七年に帰国(第100回)、ということになっている。一年を三百六十日として計算すると、五千四十日はちょうど十四年なので、貞観二十七年というのはつじつまがあう。

ところが、実在した貞観という元号は、太宗の崩ずるとともに二十三年(六四九)にて終わる。いくら小説のこととはいえ、実在した元号の年数まで勝手に変えるのはまずいのではないか、という考えかたも成りたつ。史実の玄奘《げんじょう》がインドから帰国したのは貞観十九年(六四五)であるから、それに合わせて出発の年を貞観五年にしてもよいではないか。史実の玄奘の出発の年については、貞観元年(六二七)説・貞観二年説など諸説あるが、おおむねは貞観三年説にかたむいているようで、私もそれにしたがう(中野一九八六d、76)。

ともあれ、どうせ小説なのだから(!)、貞観五年出発→同十九年帰国、あるいは貞観三年出発→同十七年帰国とでもすれば、ありえない貞観二十七年などという設定は解消できるのではあるまいか。

そんな無理を承知で、貞観十三年出発としたのは、小説の第13回で三蔵を出発させなければならなかったからである。そして、五千と四十日かけて西天に到着させなければならなかったからである。でも、なぜ？

円周は三百六十五度

まず、五千四十日から考えよう。一年を三百六十日として計算すると、それはちょうど十四年になると述べた。三百六十日とは、もちろん概数であり、中国人は古代から、一年が三百六十五日と四分の一日であることを知っていた。そして、そこから、周天(天の周囲)を三百六十五度と四分の一度、概数で三百六十五度に分割していた。かんたんにいえば、円周を三百六十五度としていたのである。つまり、円周と一年の日数とを一致させていたというわけだ。

この伝統は、明代にまでおよんでいる。『西遊記』でも、第1回の冒頭に東勝神洲傲来《ごうらい》国の海中にそびえる花果山のことを詠んだ詞《うた》があり、それにつづいて花果山のてっぺんにある石のことを、「高さ三丈六尺五寸、周囲二丈四尺」のサイズだと述べてから、「高さが三丈六尺五寸というのは、周天の三百六十五度にもとづく」といっている。周天を三百六十度としたのは、イエズス会士たちが中国にやってきて、近代科学を伝えてからのことである。

『西遊記』は、このように、周天と一年の日数とを一致させていない。つまり、一年の日数を、同じ概数でも三百六十五日ではなく、三百六十日にする必要があったのである。くわしくはあとで述べるが、とりあえずかんたんにいっておくと、9の倍数でなければならなかったからである。

一年三百六十日はいいとして、ではなぜ十四年にして五千四十日としなければならなかったのか。十五年にして五千四百日でもいいではないか——。

五千四十八巻のお経

じつは、まず「五千四十」ありき、だったのである。いや、げんみつにいえば、「五千四十八」という数字が前提として存在していたのである。

はなしは飛ぶが、八世紀、盛唐の玄宗時代の開元十八年(七三〇)、智昇《ちしょう》は『開元釈教録』二十巻を編纂し、後漢から唐までの漢訳仏典をすべてリストアップした。それまでも一切経目録はいくつかあったが、この『開元釈教録』は、収録数といい分類のシステムといい、従来の目録よりはるかにすぐれていたといわれている。

さて、この目録に収められている経典の総数は、一千七十六部五千四十八巻である。のち増補されて二千二百七十五部七千四十六巻になったが、はじめに記録された五千四十八巻という数が、『西遊記』に関係があるのだ。

『西遊記』第98回、西天に到着した三蔵にたいして如来が説いていわく――

三蔵とは、天を談ずる「法」一蔵、地を説く「論」一蔵、鬼《もうじゃ》を済度する「経」一蔵である。すべて三十五部、一万五千一百四十四巻から成る。(岩波文庫(十)275)

正しくは、「経」「律」「論」の三つの「蔵(piṭaka)」を「三蔵(tri-piṭaka)」という。この語が中国に来てから、「三蔵」に通暁した高僧にたいする尊称となったこと、玄奘三蔵のほかにも、羅什《らじゅう》三蔵(鳩摩羅什《くまらじゅう》に追贈)・不空《ふくう》三蔵・善無畏《ぜんむい》三蔵など多くの例からも明らかである。

さらに如来は阿難《あなん》と迦葉《かしょう》を呼んで、「この者ども」に「わが三蔵の経三十五部のおのおのから、数巻ずつえらんで与えよ」と命じた。そのときいただいたお経はことごとく「無字経」、あとであらためていただいた「有字経《うじ》」について、「こうして、五千と四十八巻のお経がわたされました。これは、一蔵の経典数に一致する数なのです」とある。なるほど、5048×3＝15144で、さきの如来のことばにあった三蔵の数と一致する。

ところでさらに、真経をたずさえた三蔵たちが去ったあとで、観音菩薩が如来に言上していわく――

あの者たちの閲《けみ》した歳月は、じつに十四年、すなわち五千と四十日であります。この数は、あたえた経巻の数と合致せず、八日だけ足りません。

願わくば、わが世尊よ、あの聖僧をして、すみやかに、すべからく八日のうちに、東土に帰着せしめ、しかるがのちただちに西天にもどらしめたまわんことを。(岩波文庫(十)292)

こうして、八日のうちに西天↓東土↓西天と往復するあわただしい空中飛行の旅が実現したのだが、それというのも、三蔵がすでに凡胎を脱し、聖胎に回帰したからであった。

それはともかく、西天まで十四年、すなわち五千四十日かかったという日数の根拠が、『開元釈教録』記載の経典数にあることはわかったけれども、ではなぜ出発の年を貞観十三年にしたのだろうか。第13回に出発したから数を合わせたのだ、というのでは答えにならない。第13回出発という構成でなければならなかったので、貞観十三年にしたのである。それではなぜ、第13回出発という構成でなければならなかったのだろうか。

ここでもう一度、『西遊記』全体のラフな構成をおさらいしてみよう。

如来の出御

Ａ「孫悟空の生いたちと大鬧天宮故事《だいどうてんぐう》」は、話柄のおもしろさもあって、『西遊記』冒頭の第1〜7回を占めているが、それもふしぎではない。周知のように、第7回、釈迦如来が西天からはるばる出御し、悟空を五行山の岩のすきまに閉じこめて、Ａは終結する。

ところで、いつもは西天なる大雷音寺にまします如来が悪者退治のために出御することは稀である。第7回のこの悟空収服のほかには、第77回の獅駝《しだ》洞の三大王（第三魔王）雲程万里鵬を退治したときだけである。第7回と第77回——数字7の仕掛けがなにやら見えてくるが（田中一九九四、86）、果たして悟空が三蔵によって五行山から救いだされるのは第14回、これも7の倍数である。三蔵の出発直後にまず悟空を弟子とするというすじだてからすると、このあたりにも、三蔵の出発を第13回に設定する必然性があったといえようが、もちろんこれだけでは十全ではない。

冗長さをいとわず？

Ｂ「観音の取経者さがし」は、第8回だけでじゅうぶんであろうが、問題は、例のＣ「太宗の地獄めぐりと玄奘の登場」である。さきに述べた「魏徴斬龍」を核とする必須の四回ぶんではあるが、「魏徴斬龍」に至るまでの、とくに漁師の張稍《ちょうしょう》と樵夫《きこり》の李定《りてい》との詞のやりとりが異常なまでに冗長である。

この欠点を補正したのが清刊本の『西遊真詮《しんせん》』で、この秀抜なダイジェスト本は、全体の大まかな構成は変えなかったにもかかわらず、Cの内部構成だけは大幅に変えた。すなわち、第9回はそっくり玄奘出世譚にあてた。いわゆる江流和尚説話であるが、明刊本では第11回に詞のかたちで要点だけ提示してあったのを、『西遊真詮』は一回ぶんの物語にしたてた。そして、明刊本の第9回と第10回前半をまとめて第10回としているから、物語のおもしろさという点では、『西遊真詮』のほうがすぐれているといえるであろう。

それにしても、明刊本が「魏徴斬龍」というすぐれた仕掛けを核としつつも、冗長さをいとわず、Cのモチーフを第9〜12回に配置しなければならなかったのはなぜだろうか。ここでもやはり、三蔵の出発を第13回とするべき必然性があるのに気づく。しかし、なぜ第13回?

2　ふたつの中心軸

道のり半分の通天河

ここいらで、Cのモチーフをいったん離れ、D「玄奘三蔵の西天取経故事」のモチーフのなかに踏みこんでみよう。

「なぜ?」はともかくとして、第13回に長安を出発した玄奘三蔵が、孫悟空(第14回)・龍馬

(第15回)・猪八戒(第18〜19回)・沙悟浄(第22回)をそれぞれ弟子として、あまたの厄難をなんとか切り抜け西天に到着したのは第98回であった。第99・100回は、西天でのできごと、つまり「有字経」をいただくまでのごたごたと、西天→東土の往還であるから、げんみつにいえば、西天取経のモチーフからはずれる。

さて、第47〜49回は、通天河の段である。川の東岸に着いたところで出会った老人が、東土から来たという三蔵に「東土の大唐といえば、ここから五万四千里もあるんです」という場面がある。東土から西天までは十万八千里というのが、第12回、観音菩薩から太宗にあてた書きつけに明記してあった。したがって、ちょうど半分までたどり着いたことになる。

さらに、第98回で西天到着となると、その半分は第49回、まさにこの通天河の段であるから、物語の進展のうえでも、ちょうど半分ということになる。さらにまた、さきにちらと示唆した数字7の仕掛けが、ここでも生きていると見るべきであろう。49も98も、7の倍数であること、いうまでもない。

中心軸としての第55回

49は、たしかに98の半分であるが、しかし、三蔵は第13回に出発したのではなかったか。第13回に出発して第98回に西天到着となると、その半分は第55回になるのではなかろうか(図6

参照)。わかりやすくするために、三蔵出発の第13回を第「1」回とすると、西天到着の第98回は第「86」回となり、その半分は第「43」回(第55回)となる。距離として半分の第49回(第「37」回)と、物語の進展のうえでの半分の第55回とのあいだにズレが生じているわけだ。いい換えるなら、距離のうえではちょうど半分の通天河まで来たものの、厄難の数としては、通天河以降のほうが多くなる勘定になろう。

それもそのはず、出発してから第22回(第「10」回)までは、双叉嶺《そうされい》の段(第13回)・黒風大王の段(第17回)・黄風洞の段(第20・21回)などの厄難はあるものの、ほとんどは、孫悟空・龍馬・猪八戒・沙悟浄の順で弟子たちを収服する話柄を中心とする。つまり、第13~22回の十回ぶんで、三蔵一行が「全員集合」するのであるから、距離としては半分の通天河を過ぎてからのほうが、厄難の数は多くなるというわけだ。

そこで、通天河の段を見かけ上の中心軸とすれば、第54~55回における、例の琵琶洞での三蔵女難の段を、物語進展のうえでの中心軸と考えることができるであろう。

なぜ、中心軸という考えかたをもちだしたのか——。

シンメトリーなふたつの話

明刊本『西遊記』(岩波文庫)の訳者でもある私は、訳しすすむにつれて、この小説にひそむ

「シンメトリーの原理」とでもいったものを漠然と感じはじめていたが、第74～77回の獅駝洞の段に至って、はっきりと確信した。それは、こういうことである――

獅駝洞の段は、第32～35回の金角・銀角の段と、構造的によく似ている。

まず、敵たる魔王が複数である。金角・銀角の兄弟には、おふくろの妖婆とそのおとうとの狐阿七《こあしち》大王がいる。どちらもたいしたことはないが、退治するのに厄介な手順を踏まなければならない。獅駝洞は手ごわい三魔王。三蔵・猪八戒・沙悟浄が捕えられるのは、金角・銀角の段では早々に、獅駝洞の段ではずっとあと。どちらにしても、ほとんど孫悟空の孤軍奮闘だが、敵陣に乗りこむのは、悟空が敵の子分どもから魔王についての情報を仕入れ、その子分どもを殺してなりすましたうえで、ということになる。しかし当然のこと見破られ、銀角のひょうたん、あるいは獅駝洞三大王の陰陽二気瓶に閉じこめられる。ここから脱出する方法は、似ても似つかないながら、ともに圧巻で読者をハラハラさせるに足りる。悟空はまた、銀角が飛ばした泰山《たいざん》に圧しつぶされたり、獅駝洞大大王の腹中にもぐりこんだりという、かつて五行山に閉じこめられた原体験をくり返すことによって、ひそかなる再生と聖化を果たしているのだ。金角・銀角は、ひょうたんのほかにも幌金縄《こうきんじょう》・七星剣・芭蕉扇・羊脂玉(琥珀《こはく》)浄瓶といった宝の武器をもっていて、それぞれのやりとりに悟空はその知恵をかたむけるが、獅駝洞では悟空もろとも三蔵たちすべて蒸籠《せいろ》に入れられ蒸《ふか》されんとする、等々。

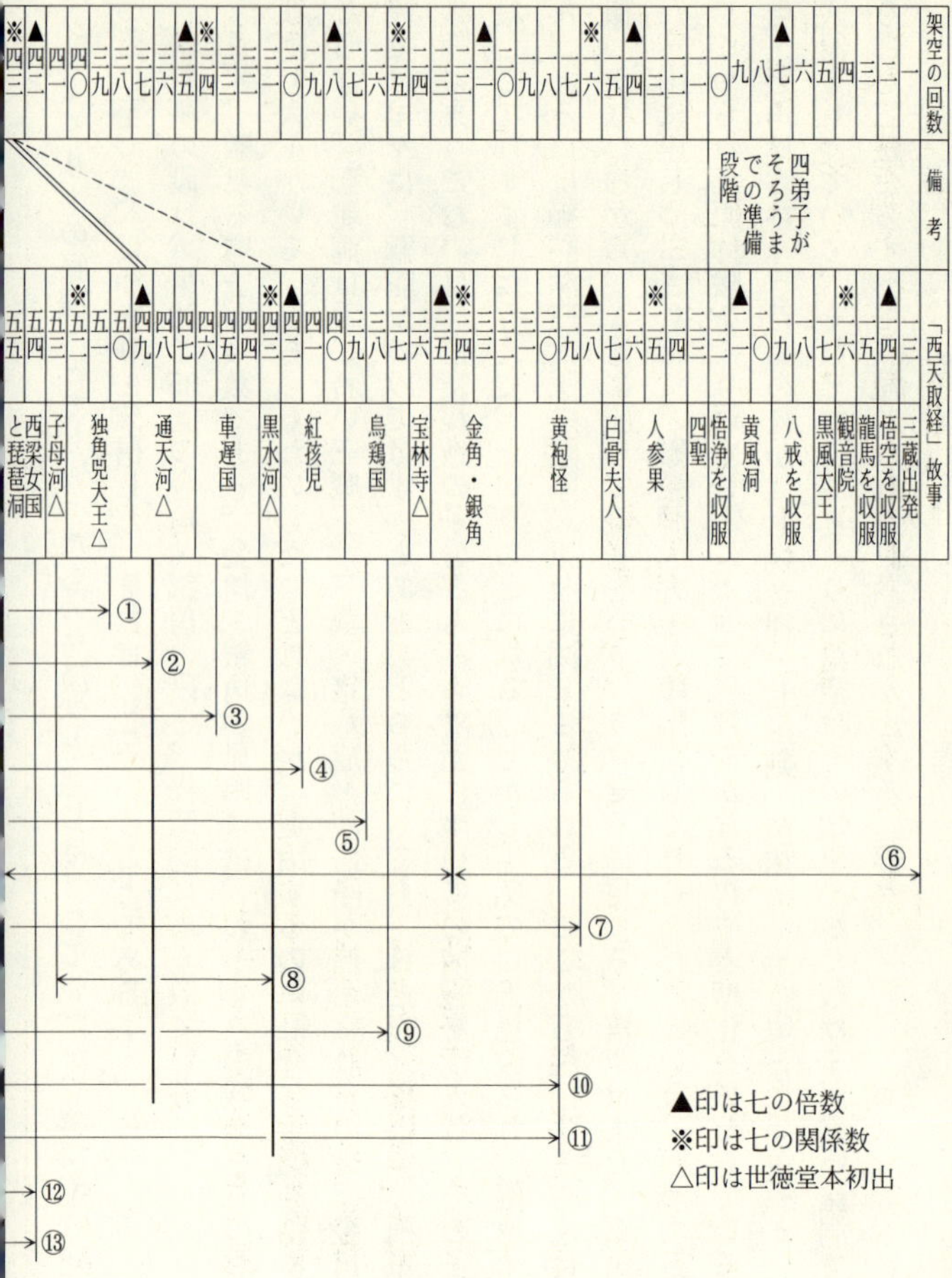

図6　「西天取経」故事のシンメトリーの原理

四四　四五　四六　四七　四八　▲四九　五〇　五一　※五二　五三　五四　五五　▲五六　五七　五八　五九　六〇　※六一　六二　▲六三　六四　六五　六六　六七　六八　六九　▲七〇　七一　七二　七三　七四　七五　七六　▲七七　七八　七九　八〇　八一　八二　八三　▲八四　八五　八六

到着直前の最終段階

▲五六　五七	にせ悟空△
五八	
五九　六〇　※六一	火焔山
六二　▲六三	祭賽国
六四	荊棘嶺
六五　六六	小雷音寺△
六七	稀柿衕
六八　六九　▲七〇　七一	朱紫国△
七二　七三	盤糸洞
七四　七五　七六　▲七七	獅駝洞
七八　七九	比丘国△
八〇　八一　八二　八三	地湧夫人
▲八四	滅法国
八五　八六	南山大王△
八七	鳳仙郡△
八八　八九　九〇	九霊元聖△
▲九一　九二	玄英洞△
九三　九四　九五	天竺国にせ公主△
九六　九七	銅台府△
▲九八	西天到着

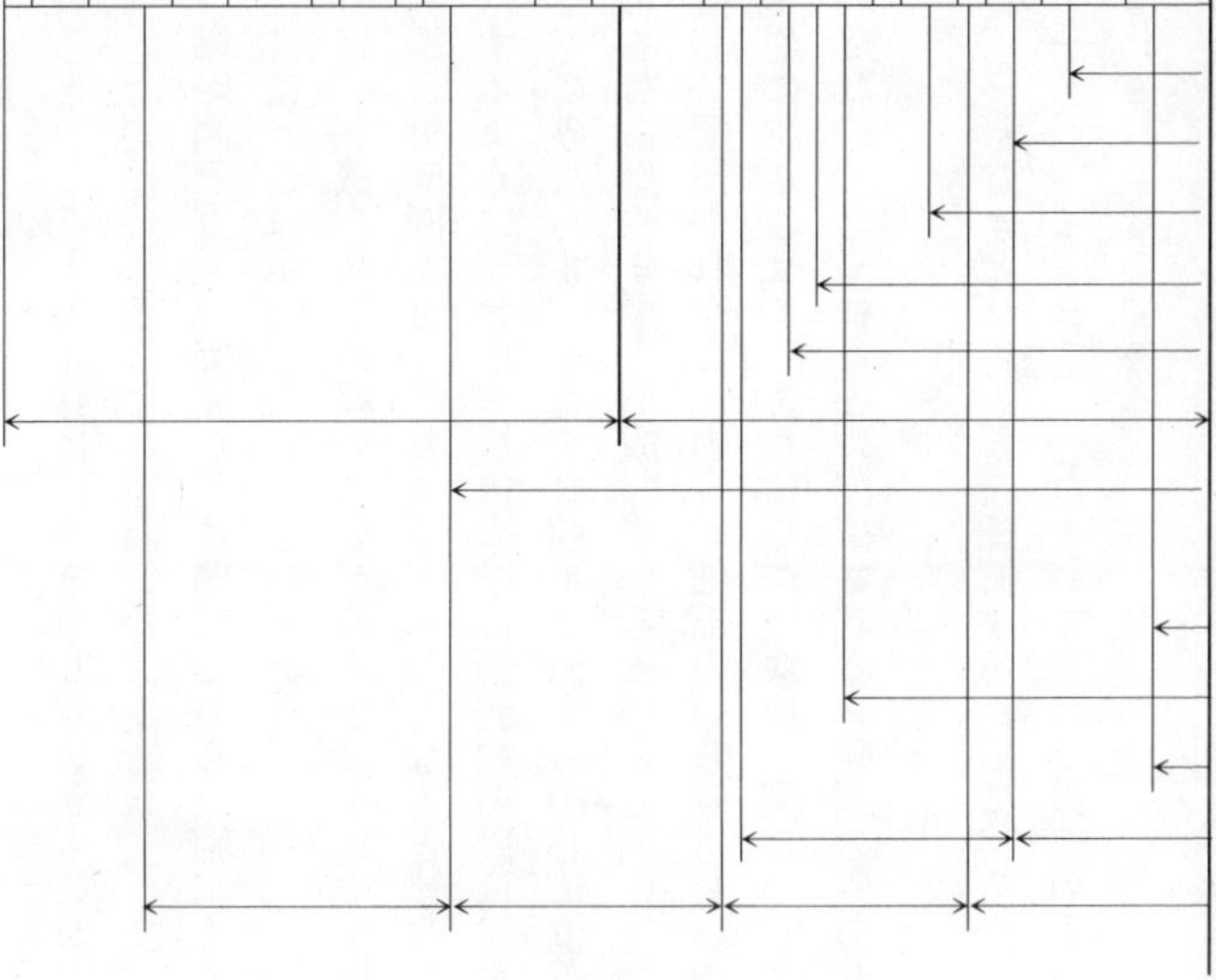

このように書けば、構造的に似ているということの意味ははっきりしないかもしれない。話の細部はまるでちがう。しかし、『西遊記』全体のなかでも好対照をなす圧巻のやま場であり、とくに悟空が銀角のひょうたんなり、獅駝洞三魔王の宝瓶なりに閉じこめられ脱出するモチーフは、この双方の段の構造的な類似性をはっきり示唆しているといえよう。

べつの見かたをすれば、このふたつは、三蔵の西天取経の旅の、前半と後半のやま場をなしているのである。さきに、この旅の物語は第55回をもってちょうど半分となると述べた。そこを軸線と考えるなら、図6の⑥が明示するように、金角・銀角の段と獅駝洞の段は、まさしくシンメトリーに位置しているのである。のみならず、それぞれ前半と後半の中心に位置しており、すなわち、それぞれのもっともおもしろいやま場を形成しているといえる。

仮りに、このふたつの段がより近接して配置されたとしよう。細部のいちじるしい相違にもかかわらず、構造上の類似性は読者を逆に飽きさせてしまうにちがいない。図6の⑥に見られるような距離があってはじめて、それぞれの、とくにあとに配置される獅駝洞の段のおもしろさが発揮されたと思われる。

こうしてみると、第55回の中心軸は、多彩なエピソード群を配置するために、意識的に設定された対称軸ではなかろうかと仮定してよい。そもそも、「五十五」という数そのものが、中国では古来「天地数」としてたっとばれる数字なのである。

天地数五十五

中国人は奇数を陽数、偶数を陰数とみなす。易《えき》における陽爻《ようこう》━・陰爻╍と関係があろう。ともあれ、ひと桁の数字のうち陽数1・3・5・7・9の合計25を天数といい、陰数2・4・6・8・10の合計30を地数という。そしてその合計55を天地数と称するのである。

『西遊記』西天取経故事のエピソード群の中心軸が第55回にあるのは、偶然ではなく、意識的に設定されたものであること、かくしてほとんど疑いあるまい。これを対称軸と仮定して、さらに検証をかさねてみよう。

皇后の貞操問題

エピソードの対称性がよりはっきり見られるのは、第37〜39回の烏鶏《うけい》国の段と第68〜71回の朱紫国の段である。

全真派道士に化けて烏鶏国王にとり入った妖怪は、国王を井戸に投げ落として殺したあげく、三年ものあいだ国王になりすましていた。皇后は、閨での国王がめっきり冷たくなったと感じてはいたものの、太子はじめ周囲の人はまったく気づかなかった。するうちに、まことの国王の幽鬼が、旅寝の宿の三蔵の夢まくらに立ち真実を告げる。そこで孫悟空と猪八戒の活躍により、井戸の底から国王のなきがらをとりもどし、老君の金丹により生きかえらせ、妖怪を退治してめでたしめでたしとなる。

いっぽう朱紫国では、三年まえの端午節に国王が后妃ともどもちまきを食べつつ龍舟《ドラゴン・ボート》競技を見物していたところへ、にわかに妖怪があらわれ皇后をさらっていった。そのときのおどろきと恐怖で、国王の腹中のちまきが凝固し、以来ずっと国王は病いに臥せっていた。そこへ三蔵一行が通りかかり、悟空が調合した薬で国王の病いは癒え、さらに妖怪のいる獬豸《かいち》洞に攻めこみ、めでたく皇后を奪回するという次第。

どちらも、皇后は三年ものあいだ妖怪とともに暮らしている。国王ともとの生活にもどったのはいいが、さて、からだは妖怪によって汚されていないかという、皇后の貞節問題がのこる。さいわい、烏鶏国王になりすました文殊菩薩の青毛獅子は去勢ずみだった。獬豸洞の賽太歳《さいたいさい》にさらわれた皇后のからだには、紫陽真人のはからいにより、毒のとげが生えた棕梠の衣が着せられていたため、賽太歳は一指たりとも皇后に触れることができなかった——と、ともにハッピー・エンドで終わっている。

このふたつのエピソードも、図6の⑤に見るように、第55回の軸を中心として、みごとにシンメトリーに配置されているのである。

猛火との戦い

朱紫国の段における賽太歳の紫金鈴は三つセットになっていて、とらわれの朱紫国皇后のことばによると、「ひとつを振りますと、三百丈の焔を発して人を焼きます。次のを振りますと、三百丈の煙が人をいぶします。三つ目を振りますと、三百丈の砂塵が人の目をつぶします」といったしろもの。この猛火には、さすがの孫悟空も悩ませられるが、似たようなことは、第40〜42回の紅孩児《こうがいじ》の段でもあった。すなわち、火尖槍《かせんそう》を手にした紅孩児が鼻のあたまをたたいただけで、すさまじい猛火を吐きだすのである。

猛火といえば、第59〜61回の火焔山の段が思いだされるが、火焔山の火は、もとはといえば、悟空が天界で老君の八卦炉《はっかろ》を蹴とばしたときの、煉瓦のかけらの余燼であり、羅刹女《らせつにょ》がもっている芭蕉扇は火を消すためのものであった。したがって、妖怪がつくりだす猛火とは性質を異にする。

ところで、紅孩児の段と朱紫国の段は、これまた第55回を中心として、おおむねシンメトリーの位置にあるのである（図6の④）。四回にもわたる朱紫国の段は、前半のエピソード群のさまざまな要素を胚珠として成りたっているらしいことが、以上の二例からも明らかであろう。

水中戦も……

猛火との戦いがあれば、水中戦もある。第43回の黒水河の段、第47〜49回の通天河の段、そして第62・63回の祭賽《さいさい》国の段である。このうち、黒水河の段は、構成上まことに特異な位置を占めるので、あとでさらに検討する(九一頁以下)が、通天河の段と祭賽国の段も、第55回を中心軸としてシンメトリーの位置にあるといえる(図6の②)。

こうしてみると、火(紅孩児の段)・水(黒水河の段)・水(通天河の段)・火(火焔山の段)・水(祭賽国の段)・火(朱紫国の段)といったぐあいに、黒水河の段を除けばほぼ等間隔に、火と水が交互にならんでいるといえよう。

3　二乗数の秘密

二乗数の回

第55回を中心軸としてシンメトリーに位置するエピソード群は、ほかにもまだあるが、その検討はしばしおやすみにし、がらりと観点を変えてみよう。

7の二乗数である49については、西天取経故事の見かけ上の半分ということで、すでにその秘密の一部を語った。西天取経故事のなかで二乗数の回は第16・25・36・49・64・81回である。

まずは、わかりやすいところから――

第81回と八十一難

81といえば、三蔵にふりかかる八十一難が思いだされる。西天にて有字《うじ》の真経をいただいた三蔵一行が東土をめざし帰途についたあと、ひそかにかれらの道中を守護してきた諸神が、三蔵の受難を記録した難簿(災難リスト)を観音菩薩に提出して点検した。それは、つぎの表1のようなものであった(第八十難まで)。

この段階で三蔵がすでに八十難を閲《けみ》していることを知った菩薩は、こういった。

仏門では、九九《くく》の数こそが真《まこと》に帰すのだ。聖僧は、八十の難をすでに受けているが、それでもまだ一難が不足していて、九九の数を満たしておらぬの……
――これ、掲諦《ぎやてい》よ、そなた、金剛を追いかけて、もう一難だけ追加させなさい。(岩波文庫(十)300)

金剛とは、すでに凡胎を脱した三蔵とその弟子たちを雲に乗せ、西天と東土のあいだを八日以内に往復せんとしている八大金剛のことである。こうして、三蔵たちは雲から通天河に落っ

表1 「八十一難」一覧表

回	第一難〜第八十一難
11	金蟬遭貶第一難
	出胎幾殺第二難
	満月抛江第三難
	尋親報冤第四難
13	出城逢虎第五難
	落坑折従第六難
	双叉嶺上第七難
14	両界山頭第八難
15	陡澗換馬第九難
16	夜被火焼第十難
17	失却袈裟十一難
18 19	収降八戒十二難
20	黄風怪阻十三難
21	請求霊吉十四難
22	流沙難渡十五難
	収得沙僧十六難
23	四聖顕化十七難
24 25	五荘観中十八難
26	難活人参十九難
27	貶退心猿二十難
28	黒松林失散二十一難
29	宝象国捎書二十二難
30 31	金鑾殿変虎二十三難
32	平頂山逢魔二十四難
33 34 35	蓮花洞高懸二十五難*1
36	
37 38 39	烏鶏国救主二十六難
40	被魔化身二十七難
	号山逢怪二十八難
	風摂聖僧二十九難
41	心猿遭害三十難
42	請聖降妖三十一難
43	黒河沈没三十二難
44	搬運車遅三十三難*2
45	大賭輸贏三十四難
46	祛道興僧三十五難
47	路逢大水三十六難
48	身落天河三十七難
49	魚籃現身三十八難
50	金峴山遇怪三十九難

51	普天神難伏四十難
52	問仏根源四十一難
53	吃水遭毒四十二難
54	西梁国留婚四十三難
55	琵琶洞受苦四十四難
56	再貶心猿四十五難
57 58	難弁獼猴四十六難
59	路阻火焰山四十七難
60	求取芭蕉扇四十八難
61	収縛魔王四十九難
62	賽城掃塔五十難
63	取宝救僧五十一難
64	棘林吟咏五十二難
65	小雷音遇難五十三難
66	諸天神遭困五十四難
67	稀柿衕穢阻五十五難
68	朱紫国行医五十六難

69	拯救疲癃五十七難
70 71	降妖取后五十八難
72	七情迷没五十九難
73	多目遭傷六十難
74	路阻獅駝六十一難
75	怪分三色六十二難
76	城裡遇災六十三難
77	請仏収魔六十四難
78	比丘救子六十五難
79	弁認真邪六十六難
80	松林救怪六十七難
81	僧房臥病六十八難
82 83	無底洞遭困六十九難
84	滅法国難行七十難
85 86	隠霧山遇魔七十一難

87	鳳仙郡求雨七十二難
88	失落兵器七十三難
89	会慶釘鈀七十四難
90	竹節山遭難七十五難
91	玄英洞受苦七十六難
92	趕捉犀牛七十七難
93 94 95	天竺招婚七十八難
96 97	銅台府監禁七十九難
98	凌雲渡脱胎八十難
99	(通天河落水八十一難)

*1　世徳堂本は、第二十五難以後に著しい混乱があり、李卓吾本は、それを整理再編したものと思われる。

*2　世徳堂本・李卓吾本ともに、「車遅」を「車庭」に誤る。

ことされるのだが、通天河といえば、すでに述べたように、距離は半ばのところ。

煉丹術における「八十一」

それはともかくとして、「仏門では、九九の数こそが真に帰すのだ」という菩薩のことばにはうらがあり、道教の煉丹術師たちこそが、「九九の数」をたっとんだのだった。煉丹術の過程を秘儀的に詠みつらねた詩の多くは、八十一首から成る。石泰《せきたい》『還源篇』の五言絶句八十一首、『修真十書』所収の「養生篇」八十一章、『金丹大成集』の七言絶句八十一首、混然子《こんぜんし》『還真集』所収の「述符火還丹妙訣」八十一首など。あるいは『元始天尊説薬王救八十一難真経』といった道教経典もあり、『西遊記』における「八十一難」の思想の直接の典拠といってよいであろう（中野一九八四b、134～135。一九八九b 267～298）。

さて、三蔵その人の「八十一難」すべてが明らかになるのが第99回というのも、桁を無視すれば「九九《くく》の数」と呼応していること、申すまでもない。

金蟬子の第一難

ところで、その第一難「金蟬遭貶（金蟬《こんぜん》 貶《へん》に遭う）」とは、「金蟬が俗界に落とされる」ということだが、この「金蟬」が玄奘の前世の名であると判明するのは、第11回の玄奘登場にさきだっ長い詩の冒頭である。

霊通本諱号金蟬　霊通《ひじり》はもともと名は金蟬
只為無心聴仏講　仏の説教《おしえ》に耳かたむけず
転托塵凡苦受磨　下界に落とされ難を受け
降生世俗遭羅網　俗世に生まれ網被《かぶ》せらる
投胎落地就逢凶　生まれたとたん凶に逢い
未出之前臨悪党　生まれぬうちに賊と対面
（以下略）

ところが、第8回に菩薩が取経者さがしに東土めざして西天を出発する場面で、

ああ、じつにこの旅が機縁となって、
　仏子還《かえ》り来《きた》って本願に帰し
　金蟬長老は栴檀《せんだん》仏とはなる
てなことになるのであります。

と、読者にはこの段階ではわかるはずのない、三蔵の前世と成仏後のふたつの名がひょっこり顔を出し、物語を統括している。

三蔵の前世での名であるとわかってからは、しばしば金蟬についての暗示的な記述はある。「この唐の坊主ってえのはな、金蟬長老が下界にくだり、十世にわたって修行したというすごいやつなんだ」という金角のことば(第32回)、「悟空よ、そなた、金蟬子を守って経を取りに西天に行かず、ここに来たのはどういうわけか」という菩薩のことば(第42回)、「菩薩もおっしゃったじゃないか。取経者は、もとはといえば如来さまのお弟子で、金蟬長老と号している、とな。如来さまの説法に耳をかたむけなかったばかりに霊山から追放され、東土に転生《てんしょう》された、そのお方が(以下略)」という沙悟浄のことば(第57回)など。

とはいえ、「如来さまの説法に耳をかたむけなかった」ということの実態は、これだけではさっぱりわからない。それが明らかになるのが第81回なのである。鎮海寺に一夜の宿を乞うたが、朝になって病いのため出発できなくなった三蔵について、孫悟空が猪八戒にいうには——

おぬしが知ってるはずはないんだが、師匠は如来の説法のとき、うっかりうたたねしたことがあるんだ。そのとき、ぐらっとした拍子に、左足で米をひと粒ふんづけてしまったもんだから、下界に落とされても、三日というもの、病気をすることになったんだ。(岩波文庫(九)13)

つまり、第81回において八十一難の第一難の内容がはじめて明らかにされたのであって、それは、第99回において八十一難のすべてがナンバリングされたのと同じように、意識的な操作にほかならなかったといえよう。

第64回と樹木の精

第64回のもつ意味は、きわめて明白である。この回は、珍しいことに、荊棘嶺《けいきょくれい》における樹木の精による難を述べる。まず、荊棘なる、その名からしてすさまじいいばらの道を行くうちに、例のごとく、三蔵は樹木の精にさらわれて木仙庵へ。そこにいる四人の老人たちと優雅に詩のやりとりをしているところへ、杏仙《きょうせん》なる美女があらわれ、三蔵にいい寄るという女難——。

四人の老人たちと美女、そしてその小女《こおんな》たち、いずれも樹木の化けものなのであるが、さて、五行《ごぎょう》では、木《もく》は東に配当される。そして、古代の伝説的な「河図《かと》」における数字の方角配当では、東に8が配当される。つまり、木＝東＝8という関係が容易に見いだされ、したがって、この荊棘嶺の段が第64回に置かれた理由もかんたんに説明がつくという次第である。

六十四卦との関係

とはいえ、64という数は、当然のことながら易《えき》の八卦《はっか》を連想させる。陽爻《ようこう》⚊と陰爻⚋を三つ組みあわせた卦《か》は八種で八卦、すなわち乾《けん》☰・兌《だ》☱・離《り》☲・震《しん》☳・巽《そん》☴・坎《かん》☵・艮《ごん》☶・坤《こん》☷。この八卦をふたつずつ上下に組みあわせると六十四卦となる。『易経』はその六十四卦のひとつひとつについて、深奥なる意義を説いているが、『西遊記』の構成も、『易経』の影響をすくなからず受けており、それは、西孝二郎氏がいみじくも指摘したように、第65回で鐃鈸《にょうばち》に閉じこめられた孫悟空がとなえる呪文――

「唵《オーン》 嚂《ラーン》 静法界《じょうほうかい》
　乾元亨利貞《けんげんきょうりてい》!」

の「乾元亨利貞(乾《けん》は元《おおい》に亨《とお》る。貞《ただ》しきに利《よ》ろし)」は、『易経』上経の冒頭「乾」の第一句であるから、第64回までに六十四卦をひとつずつ対応させ、第65回で第一の卦「乾」にもどったことを暗示しているのであろう(西一九九七、64~66)。けだし卓見である。その対応関係をめぐる西氏の見解については、あとであらためて触れることになろう。

　この荊棘嶺の段でもっとも活躍するのは、いばらの道をまぐわでせっせとかき分ける猪八戒であるが、かれもまた、五行でいえば木なのである。西の金《きん》に配当され「河図」の数字なら9にあたる孫悟空に、八戒がいつもあたまがあがらない理由は、9と8、そして「金剋木《きんこくもく》(金は木に剋《か》つ)」という五行相剋《そうこく》の原理からも説明できる(中野一九八四b、83〜97)。

のんびりした第36回

ここで、さきの表1「八十一難」一覧表をもう一度ながめていただきたい。八十一難のそれぞれは、小説の各回ときれいに対応しているわけではない。第11回のように、ひとつの回に四つの難が集中しているものもあれば、第33〜35回の三回をついやして第二十五難を語っているものもある。もっとも、第32回における第二十四難と合わせて、第32〜35回を金角・銀角の段とまとめてしまうことが可能なので、この八十一難の数えかたには、あちこちかなりのこじつけがある。

それでも、この表を見ればすぐ気づくことだが、第36回には、「難」は配置されていない。36とは、6の二乗数。ここにも、すでに見た第81回・第64回におけるような、しかるべき理窟が秘められているのだろうか。

第36回では、宝林寺に泊めてもらうまでにそこの坊主たちといざこざはあるものの、なんとか泊まることができ、夜半、三蔵たち師弟は庭に出て名月を賞でる。猪八戒の果てまで(!)詩を詠んだり、孫悟空が月の満ち欠けについてのうんちくを披露したり、といったなかなかのんびりした一夜なのであった。金角・銀角の段でのすさまじい合戦のあとの休息のひととき、とでもいおうか。

休息といえば、さきに述べた第81回における三蔵は、病いのため三日も臥せっていたが、それも一行にとってのわずかな休息になった。ここでは獅駝洞の段での激戦のあと、第78・79回の比丘《びく》国での人助けをへて、ホッとひと息つくというわけだが、西天取経故事ではめずらしい休息の時間が、第36回と第81回にもうけられているのである。そういえば、第64回における木仙庵での詩のやりとりも、杏仙による女難の到来までは、三蔵にとってきわめてのんびりしたひとときであった。

人参果騒動の第25回

では、第25回は?

第24回から第26回にかけては、人参果《にんじんか》騒動である。鎮元子の五荘観にて休息をとった三蔵、るす番の明月・清風という二童子から人参果二個を供される。鎮元子が元始天尊の招きで出かけるにあたり、三蔵が通りかかったらごちそうするようにといいつけられていたのである。草還丹とも呼ばれる人参果は、三千年に一度だけ花ひらき、三千年に一度だけ実《み》をつけ、三千年たって熟すという仙果だが、実のかたちは赤ん坊そっくり、この匂いをかぐだけで三百六十歳まで生きることができ、ひとつ食べると四万七千年も生きられるというしろもの。

ところが、赤ん坊そっくりの仙果にたまげた三蔵がどうしても食べようとしないので、明月と清風は皿を下げ、自分たちでひとつずつ食ってしまった。五荘観には、もともと三十個の人参果が生《な》っていたのだが、鎮元子が庭を開放したとき、みんなでふたつ食べ、いま明月と清風がふたつ食べたので二十六個のこっている。

ところが、人参果の秘密をぬすみぎきした猪八戒が孫悟空に教えたものだから、悟空は人参果をたたき落とすための純金のたたき棒で人参果をたたいたところ、落っこちた人参果は土にもぐってしまった。これで、のこり二十五個。悟空は、つぎにたたき落とした三個を自分の直綴《じきとつ》で受け、八戒・悟浄ともども食べた。

人参果が二十二個しかのこっていないと知った明月・清風は三蔵を責めたてる。そのすきに悟空は金箍棒《きんこぼう》で人参果の木を倒したところ、その拍子に二十二個の実はのこらず土中にもぐってしまった。

鎮元子がもどって、悟空とのおきまりのドンパチのすえ、悟空は人参果の木を活きかえらせると約束し、あちこちへめぐったあげく、東海の観音菩薩のお出ましを乞い、めでたく人参果の木を活きかえらせていただいた。土にもぐったぶんの二十三個の人参果も、みごともとどお

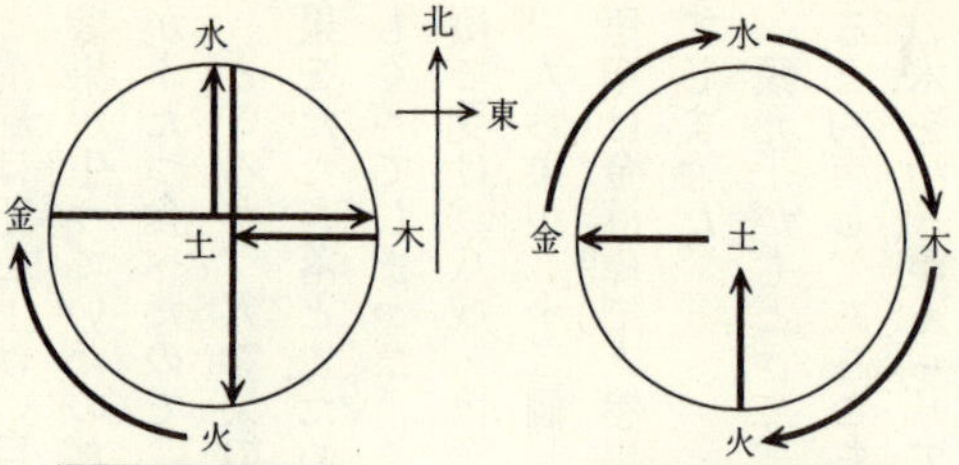

五行相生図

木生火(木は火を生じ)
火生土(火は土を生じ)
土生金(土は金を生じ)
金生水(金は水を生じ)
水生木(水は木を生ず)

五行相剋図

木剋土(木は土に剋《か》ち)
土剋水(土は水に剋ち)
水剋火(水は火に剋ち)
火剋金(火は金に剋ち)
金剋木(金は木に剋つ)

図7　五行の相生と相剋

りに生っているのだった。

五行を忌む人参果

人参果という仙果の来源としては、中国固有の仙桃などの仙果伝説のほか、アラビアのワクワクの木やヨーロッパのマンドラゴラ伝説などがからまりあっていてじつに興味ぶかいのだが(中野一九八〇b、144~161。中野一九九四b、91~132)、そのことはべっとして、『西遊記』では人参果が「五行を忌む」植物であると強調されている点が注目される。五行は、『西遊記』を支える重要な原理のひとつで、とくに「五行相剋」の原理は、孫悟空・猪八戒・沙悟浄の三人の関係を解き明かすのに欠かせない(図7。中野一九八四b、90~97)。にもかかわらず、人参果が「五行を忌む」とはどういうことか。

五荘観の庭の土地神の説明によれば、この果物は、「金に遇えば落ち、木に遇えば枯れ、水に遇えば化し(溶け)、火に遇えば焦げ、土に遇えば入る(もぐる)」という。「五行相剋」では「金剋木」であるから、金のたたき棒でたたけば実が落ち、悟空の金箍棒でたたけば木が倒れるのは当然だが、ほかは「五行相剋・相生」ともに合致しない。とくに、「土に遇えばもぐる」というのは「木剋土」の正反対であり、「ここの土は四万七千年をへているので、鋼《はがね》の錐《きり》も突き通さない」というのも五行の原理に合致しない。

さらに人参果の木を再生させる菩薩の甘露水もまた、五行の器をきらうのだという。このように、徹底して五行にこだわるのが第24〜26回の五荘観の段であり、この五荘観の「五」をもふくめて、その二乗数の第25回に代表させているのではあるまいか。

五つの事件がおこった五荘観

なお、五荘観の「荘 zhuāng」とは、事件を数える量詞でもあった。現代なら、同音の「樁(簡体字では「桩」)」である。つまり、五荘観とは、「五つの事件が起きた道観」ということになる。「五つの事件」とは、明月・清風の二童子が三蔵に人参果二個を供したが断わられ自分たちで食べたこと、孫悟空が人参果をたたき落とし、一個は地中に消え三個は悟空たちが食べたこと、そのことが発覚し三蔵一行は逃亡しようとすること、鎮元大仙と悟空とが戦うこと、菩薩が登場し人参果の木を活きかえらせること、であろう。

人参果の数の変化

こうして、第25回は挙げて5という数を基本にしていることが明らかとなったが、人参果の数の目まぐるしい変化の意味はなお判然としない。もともとあった三十個というのは、さきに述べた地数すなわち陰数2・4・6・8・10の和を意識したものであろう。これに天数25を加えると、例の天地数55となる道理で、さまざまなやりとりのすえに、菩薩により二十三個が再生し、そのうち十個をめでたく一同で食したあげく十三個のこったというのも、第13回の三蔵出発と、中心軸としての第55回に関係のある数であろうと思われる。

あっさりと四四・十六

では第16回についてはどうか。出発まもないこととて、三蔵の弟子としては、孫悟空と龍馬しかいない。観音禅院に一夜の宿を乞うたところ、三蔵のみごとな袈裟に心をうばわれたそこの僧たちの悪だくみによって、あわや焼き殺されそうになる。火事はなんとかおさめたが、袈裟は黒風山黒風洞の黒熊の精に盗まれてしまったという話である。

第13回での出発に注目し、第13回を第「1」回とかぞえるなら、第16回は第「4」回にあたり、ここで四四・十六の関係がきれいに見えてくる。

とはいえ、第22回で沙悟浄を収服し弟子に加えることで三蔵一行の全員がそろうまでの十回ぶんは、すでに述べたように、いわば予備的なものとみなすことができる。そこでいまは、第16回に上述の四四・十六の関係を見るにとどめておこう。

4　記述された数字9と構成する数字7

数字9の氾濫

『西遊記』が数字にこだわっていることは、以上のわずかな例からもすでに明らかなのであるが、それはひと桁の陽数のなかで最大の9と、そのつぎの7にもっとも顕著にあらわれているといえる。

わけても9は、『西遊記』のあちこちにもっともらしく書きつけられている数字のほとんどと密接な関係を有する。このことについては、すでに旧著中の「聖数曼荼羅《マンダラ》――『西遊記』における数字の神秘」(中野一九八四b、174〜199)にて詳述したので、以下にあらましだけをしるすこととする。

表2は、『西遊記』に記述されたおもな数字である。ふた桁ぐらいまでならともかく、三桁以上になるとピンとこないかもしれないが、この表の①②⑪を除けばすべて9の倍数である。

表2 『西遊記』に記述された数字

	数字	『西遊記』における意味
①	12	十二支など.
②	30	時間の単位としての「世」. 30年で1世.
③	36	三十六般変化, 三十六洞天, 三十六天罡星.
④	72	七十二般変化, 七十二福地, 七十二地煞星.
⑤	81	八十一難.
⑥	99	第九十九回にて八十一難が判明.
⑦	342	生死簿にしるされた孫悟空の寿命.
⑧	360	時間の単位としての「運」. 12「世」.
⑨	1,350	孫悟空の寿命をしるした個所の生死簿での順序.
⑩	5,040	長安から西天までに要した日数.
⑪	5,048	西天にて釈迦より賜わった経典数.
⑫	10,800	時間の単位としての「会」. 30「運」.
⑬	13,500	如意金箍棒の重さ.
⑭	108,000	孫悟空が觔斗雲でひとっ飛びする距離. また, 長安から西天までの距離.
⑮	129,600	時間の単位としての「元」. 12「会」.

このうち⑪の5048については、すでに述べた(五六〜五七頁)ように、『開元釈教録』所収の経典の総数一千七十六部五千四十八巻を根拠としている。

一元の年数

9の倍数は、桁を無視して足せば必ず9に帰結するというおもしろい性質をもっている。たとえば、⑮129,600について——

$$1+2+9+6+0+0=18 \longrightarrow 1+8=9$$

となるがごとくである。

この129,600とは、『西遊記』第1回の冒頭に、「そもそも天地の数というのは、十二万九千六百年を一元といたします」と、いきなり登場する数である。古代中国では、時間の単位としての一元の年数について、『漢書《かんじょ》』律暦志に見える四千六百十七年説が有力であったが、『後漢《ごかん》書《じょ》』律暦志ではそれを四千五百六十年としている。『漢書』に見える4,617という数字は、さきの表2における⑦342（生死簿にしるされた孫悟空の寿命）と⑨1,350（孫悟空の寿命をしるした個所の生死簿での順序）の積と関係がある。すなわち——

$$342\times 1{,}350=461{,}700 \longrightarrow 4+6+1+7+0+0=18 \longrightarrow 1+8=9$$

プラトニック・ナンバー

一元を129,600年とするようになったのは、古代ギリシアの「プラトニック・ナンバー（プラトンの数）」がインド経由で中国にはいってきてからのことであろう。「プラトニック・ナンバー」とは、12,960,000で、さまざまに分解しうる美しい聖数である。これがインドに行くと

1,296,000年でトレータ・ユガとなり、クリタ・ユガ(1,728,000年)、トレータ・ユガ、ドヴァーパラ・ユガ(864,000年)、カリ・ユガ(432,000年)というように循環する時間の一周(一チャトル・ユガ)の第二段階を形成する。

中国で129,600年を一元とするとしるした最初の文献は、十一世紀北宋の邵雍《しょうよう》の『皇極経世書』である。「プラトニック・ナンバー」はインドをへて、このころまでには中国に到着していたと見るべきであろう。

九つ頭の妖怪

数字9については、上述の例のようにあからさまには記述されていないけれども、一種の仕掛けとして意図的に配置されたものもある。

たとえば、あたまが九つある妖怪は、『西遊記』に二種類あらわれる。第62・63回に登場する九頭駙馬《ふば》じつは九頭鳥と、第88〜90回に登場する九霊元聖《きゅうれいげんせい》じつは九頭獅子である。九頭鳥は『西遊記』原文では「九頭虫」となっているが、さし絵では鳥になっているので、九頭鳥とも呼ばれる鬼車鳥であろう。いつも血をしたたらせているという奇怪なこの鳥の来源については、あらためて後述することにして、この妖怪が退治されるのが第63回で、9だけでなく7の倍数でもある。そして、九頭の手ごわい獅子である九霊元聖が退治されるのも第90回であり、ともに9の仕掛けが読みとれるであろう。

仏と菩薩の数

さらに、第100回のギリギリ最後で、西天なる諸仏がとなえる「南無燃灯上古仏《なむねんとうじようこぶつ》」以下「南無八部天龍広力菩薩」までの仏神の数は六十三、ここにも9と7の倍数がひそんでいる。

この六十三仏神のうち、第四十七番が栴檀功徳仏《せんだんくどくぶつ》、第四十八番が闘戦勝仏と、それぞれ三蔵法師と孫悟空の成仏したすがたであり、第四十九番以下第六十三番までは「……菩薩」になっており、ここでは9よりもむしろ7の仕掛けがひそんでいるのである。

数字7の仕掛け

9が主としてあからさまに記述された数であるのにたいして、7は『西遊記』の構成にかかわる数として隠秘的に仕掛けられた。

そのことを最初に発見したのは、当時中学三年生であった田中智行君である。田中君は、〈世本(世徳堂本のこと――中野注)においては、特別な意味をもった物語が、意識的に7に関係する回数の回に配されているということ〉に気づき、高校二年生のときつぎのように要約した。

①第七回……いわゆる「大鬧天宮」故事の最後の回。八卦炉《はっかろ》から飛び出て暴れる孫悟空を、釈迦が五行山下に閉じ込める。

②第四十九回……通天河（長安から西天までの十万八千里の道程の中間点にある）に住む金魚の精を観音菩薩が収服し、魚籃《ぎょらん》観音の姿を現じる。その後、救われた三蔵たち一行は、大海亀の背に乗って通天河を渡る。

③第七十七回……釈迦如来が、文殊・普賢両菩薩らと共に獅駝国に赴き、獅駝嶺獅駝洞の三人の魔王を収服する。

④第九十八回……三蔵一行が西天に到着する。

今のところ、確実と思われるのは以上の四点であるが、①と③は、釈迦如来が全編を通してただ二回西天を離れる箇所であり、一方②と④は、「七」に関係する回数であると同時に、四十九と九十八という倍数の関係にあり、これに取経の旅の中間点とゴールという関係を重ね合わせたものと思われる。（田中一九九四、86）

みごとな指摘である。田中君の若いみずみずしい見解に刺激を受けて、私も構成する数字7について考えてみた。

まず容易に見いだせるのは、三蔵が孫悟空を収服して弟子にした第14回である。第13回に出発し、あいだをおくことなく悟空を弟子にする必要があるので、第14回というのは妥当ではあるが、第7回に釈迦如来によって五行山の石のすきまに閉じこめられた悟空は、第14回においてこそ三蔵に救い出してもらわなければならないであろう。

第49回は、すでに述べたように、長安から西天までのちょうど半分ということではあるけれども、三蔵出発の第13回を起点とすれば、第55回が「西天取経」故事の中心軸となる。そして、第13回を架空の第「1」回と仮定するなら、第55回は第「43」回となろう(図6参照)。この第「43」回は、まことの第43回とかかわりをもつ。なぜか。

川の連鎖

第43回は、黒水河の段であり、涇河《けいが》龍王の第九子たる鼉潔《だけつ》におおいに苦しめられるのであるが、そのすぐあとの第47〜49回の例の通天河の段、第53回の子母河の段と、川での受難ばなしが近接してほぼ等間隔につづいているのが気にかかる。

川といえば、三蔵が龍馬と沙悟浄をそれぞれ収服し弟子にした、第15回の鷹愁澗《ようしゅうかん》(澗は谷川)および第22回の流沙河が思いだされるが、どちらも、さきに述べたように、三蔵の一行が全員そろうまでの、いわば予備的なものなので、ここでは問わない。

また、第98回、西天到着の寸前にぶつかる凌雲渡《りょううんのわたし》も川であるが、三蔵の脱胎のために用意されたものなので、やはりここでは措く。

こうしてみると、長い取経の旅において出くわす川は、黒水河・通天河・子母河と、たがいにきわめて近接している三本のみということになる。そして、見かけ上の中心軸である第49回の通天河の段を中心軸として、黒水河の段と子母河の段がシンメトリーに配置されているのである(図6の⑧)。

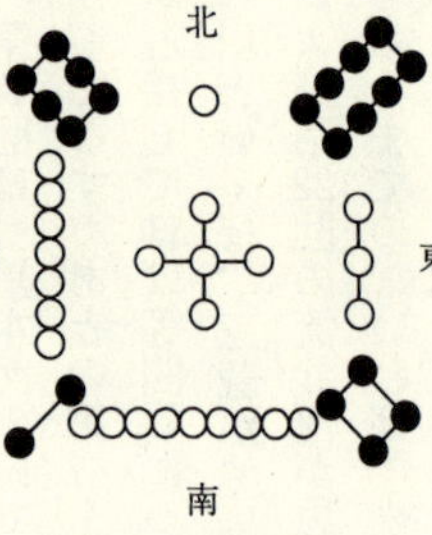

図8 「洛書」魔方陣

6	1	8
7	5	3
2	9	4

図9 「サトゥルヌスの魔方陣」

黒水河・通天河という名称は、それぞれいまの雲南省と青海省に実在する。そしてこの二大河を認識しはじめたのは、『西遊記』世徳堂本が成立した明末のことであった。さらに、この二大河の認識史と金角・銀角故事の成立とは密接にかかわっていると思われる。そのことは章をあらためて述べることとするが、第32~35回の金角・銀角の段、第43回の黒水河の段、および第47~49回の通天河の段は、数のうえでも密接にむすびついているようだ。

長安から西天までの距離上の中心点となる第49回は、「西天取経」故事の事実上の中心点である第55回(=第「43」回)と、中心点という意味において対応する。そして第「43」回を黒水河の段の第43回にスライドさせ、さらに金角・銀角の段の第34・35回をも加えるならば、そこに数字7の仕掛けが浮かびあがるであろう。とはいえ、35や49は7の倍数であるけれども、34や43はちがう。にもかかわらず、これらを7のいわば関係数としてここにとりあげたのは、つぎの理由による。

サトゥルヌスの魔方陣

中国人は古代から、伝説的な「洛書」に見られる魔方陣に殊のほか興味を示してきた。「洛書」の魔方陣とは、右の図8であるが、これはヨーロッパ人も数秘術において珍重する「サトゥルヌス(土星)の魔方陣」(図9)そのものである。

見てのとおり、タテ・ヨコ・対角線における数の和は15であり、すべての数の和は45である。15も45も、1, 3, 6, 10, 15,……とはじまる三角形数の数列に含まれており、45はカプレカー数であることなど、ジョン・キングの『数秘術』に指摘されていて(キング一九九八、146)、なるほどと感じ入ったが、ちなみにカプレカー数とは、45を例にとると、$45^2=2025$　(この2025を前後ふたつに分解して加えると) 20＋25＝45と、もとにもどる数字である。

ユピテルの魔方陣

図10　デューラー《メレンコリア》

しかし、もっと興味ぶかいのは、「ユピテル(木星)の魔方陣」とも呼ばれるものである。

アルブレヒト・デューラーの有名な版画《メレンコリア》(図10)の右上、砂時計の右に描きこまれているのがそれで(図11)、一般に知られているもの(図12)の一ヴァリエーションになっているのは、この版画の制作年である一五一四年を魔方陣のなかで明示するためであった。さて、〈各ラインにおける数の和は、34であり、それは最初の女性数2と男性の素数(ピュタゴラス学派により不幸なものと考えられた)17の積である。正方形内の全ての数の和は136であり、それは奇妙にも244に関係している。136の各数字の立方の和は244である。$1^3+3^3+6^3=244$。それから、244に対して繰り返すと元の数に戻る。$2^3+4^3+4^3=136$。ここでは、強力な基底の数は4であり、それは、理想的なものに対する、実際の、実践的な、現実の数となる〉(キング一九九八、146〜147)。

この136と244の関係もおもしろいが、もっと単純な事実も見のがせないであろう。すなわち、各ラインの数の和を、たとえば図12のa列なら4＋14＋15＋1＝34とせず、4＋1＋4＋1＋5＋1＝16というような計算をすると、図12の欄外にしるしたように、16か25に還元される。これはさらに、1＋6＝2＋5で、7に還元されてしまうのだが、各ラインの数の和である34も、3＋4＝7であることは当然として、34と16と25のあいだには、つぎのような関係が成りたつ。

$$34 \longrightarrow 3^2+4^2=5^2$$

つまり、「ピュタゴラス的三つ組」(キング)の数列の最初である。

16	3	2	13
5	10	11	8
9	6	7	12
4	15	14	1

図11　デューラー《メレンコリア》(1514)中の「ユピテルの魔方陣」

	e	f	g	h	
a	4	14	15	1	16
b	9	7	6	12	25
c	5	11	10	8	16
d	16	2	3	13	16
	25	16	16	16	

図12「ユピテルの魔方陣」

さらに、16・25・34の各数字の立方の和は7の倍数となる。

$$1^3+6^3=217=31\times7$$
$$2^3+5^3=133=19\times7$$
$$3^3+4^3=91=13\times7$$

当然のことながら、43・52・61も同じなのだが、いまは16・25・34・43にひそむ7の仕掛けを確認しておけばよいであろう。

「縦横図」と程大位

ところで、この「ユピテルの魔方陣」の秘密を、『西遊記』世徳堂本を集大成した人物ないしグループは知っていたのだろうか。ニーダムによると、じつに意外なことに、中国では十三世紀ごろから魔方陣の研究がはじまり、十六世紀末にはかなり高度の魔方陣がつくられていた。十六世紀末といえば、ちょうど『西遊記』世徳堂本が成立したころであり、イエズス会士たちが来華する直前であった。

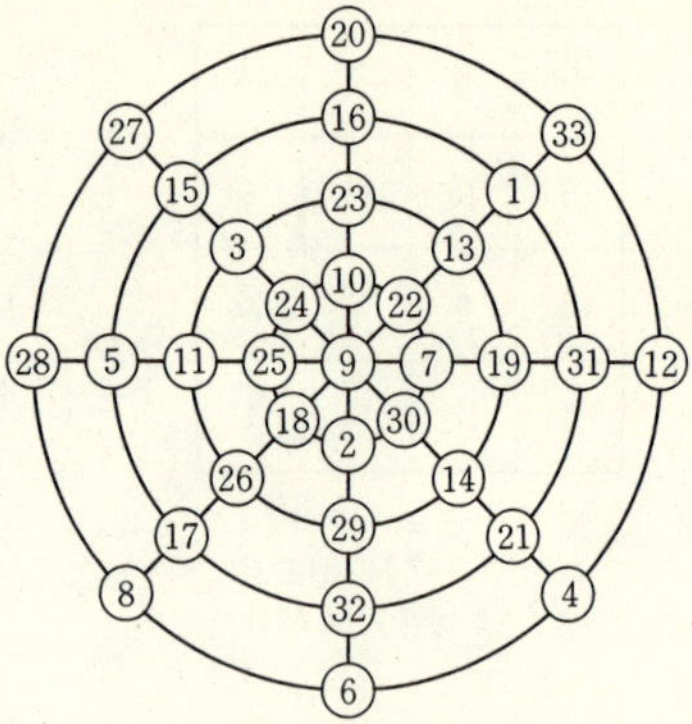

図13　楊輝の『続古摘奇算法』からの方陣(ニーダムによる)

「縦横図」と呼ばれていたものに関する学問は、一二七五年の楊輝の『続古摘奇算法』で数学の問題として彼によって初めて研究された。彼のつくった方陣のいくつかは非常に込みいったものであった(第60図——本書では図13)。彼はまたそれを構成するためのいくつかの簡単な規則をつくった。例えば、1から16までの数を縦横4行4列にずらりと並べてから、内側の四角と外側の四角両方の隅の数を置き換えると、各行、各列、あるいは対角線を加えてそれぞれ34となる方陣がつくられる（図14——中野補）。楊輝の研究は程大位によって一五九三年の『算法統宗』の中へ引き継がれ、それに14個の図が載せられた（第61図——本書では図15）。（ニーダム一九七五、68〜69）

たいそうまわりくどくなったが、『西遊記』が34や43を7の関係数とみなし、第34回・第43回・第「43」回・第49回の仕掛けをほどこしたのは、ほとんど疑いないであろう。もしかすると、世徳堂本を集大成したグループのなかには、程大位の周辺の人物もいたかもしれない。

1	2	3	4
5	6	7	8
9	10	11	12
13	14	15	16

↓

16	2	3	13
5	11	10	8
9	7	6	12
4	14	15	1

図14　楊輝の魔方陣のつくりかた

7の関係数と倍数

この7の関係数および7の倍数の『西遊記』のなかでの出現頻度をまとめるならば、表3のようになるだろう。

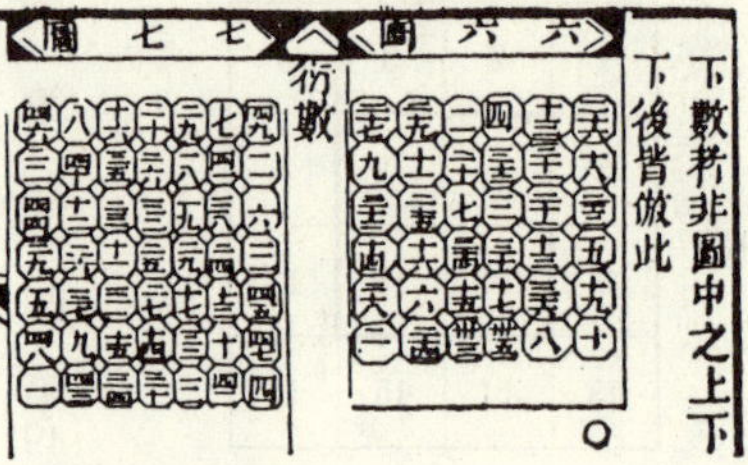

27	29	2	4	13	36
9	11	20	22	31	18
32	25	7	3	21	23
14	16	34	30	12	5
28	6	15	17	26	19
1	24	33	35	8	10

図15　程大位の『算法統宗』に見える二つの方陣．右上のものは李儼によって訂正されて下にアラビア数字で示されている(ニーダムによる)

この大ざっぱな表を見ただけでも、金角・銀角の段から獅駝洞の段にかけて、数字7の仕掛けが集中的にセットされていることがわかる。

わけても感に堪えないのは、「西天取経」故事の中心軸が、げんみつにいえば第55回と第56回の境界線にあるわけだが、天地数でもある55が「43」と対応し、かつ接している56が7の倍数にほかならないという、このあたりの操作になみなみならぬ仕掛けがひそんでいることである。三蔵が第13回に出発しなければならなかった理由も、おそらく、この第55回(=第「43」回)と第56回をめぐる数字7の構成力が生みだしたものであろう。

獅駝洞の段をすぎると、つまり後半のやま場を越えてしまうと、数の仕掛けは、むしろ9の

表3　数字7の倍数および関係数の出現頻度

第7回	如来出御，悟空とじこめられる
第14回	悟空，三蔵の弟子となる
第「21」回(＝第33回) 第34回 第35回	金角・銀角の段 (第32〜35回＝第「20」〜「23」回)
第43回	黒水河の段
第「35」回(＝第47回) 第49回	通天河の段 (第47〜49回＝第「35」〜「37」回)
第「43」回(＝第55回)	
―― 中心軸 ――	
第56回	
第「56」回(＝第68回) 第70回	朱紫国の段 (第68〜71回＝第「56」〜「59」回)
第「63」回(＝第75回) 第77回	獅駝洞の段 (第74〜77回＝第「62」〜「65」回) 第77回に如来出御
第98回	西天到着

ほうにかたむく。第81回で八十一難の第一難が判明すること、第90回で竹節山《ちくせつざん》九曲盤桓洞《きゅうきょくばんかんどう》に住む九つ頭の獅子九霊元聖が退治されること、第99回で八十一難すべてがまっとうされることなど。西天まぢかということで、聖数たる9の仕掛けがあからさまになる。それというのも、表3に見るように、7の倍数と7のいわゆる関係数とが密接にからまりあうのは、金角・銀角の段から獅駝洞の段までのいわば中心部に集中しているからである。それが中心軸を設定するための周到な工夫であったこと、すでに明らかであろう。

5　シンメトリーなエピソード群

シンメトリーおさらい

第55回、よりげんみつにいえば第55回と第56回とのあいだを、「西天取経」故事群のいわば中心軸として、そのまえとうしろのエピソード群がシンメトリーに配置されていた。その例のいくつかは、2「ふたつの中心軸」においてかんたんに述べておいたが、おさらいをすると——

まず金角・銀角の段と獅駝洞の段(図6の⑥)。これは全体の構成やモチーフが酷似し、それぞれ前半と後半のやま場をなしている。また皇后の貞操をめぐる烏鶏国の段と朱紫国の段(図6の⑤)、猛火との戦いという点でよく似ている紅孩児の段と朱紫国の段(図6の④)、水中戦を共通にする通天河の段と祭賽国の段(図6の②)など。

以上は主なものだが、注意ぶかく検討するなら、まだたくさん見つかる。

牛の妖怪ども

第50〜52回の独角兕大王《どくかくじ》の段と第59〜61回の火焰山の段は、ともに牛を本性とする妖怪と孫悟空との戦いを描いている。すなわち、独角兕大王は太上老君の青牛であり、火焰山の牛魔王はその名のごとく大白牛である(図6の①)。

牛の妖怪としては、そのほかに第13回、三蔵が出発していの一番に出くわした双叉嶺《そうされい》の三妖怪すなわち寅《いん》将軍・熊山君《ゆうざんくん》・特処士《とくしょし》のうちの特処士が野牛の精であった。そもそも「特」とは牡牛のことなのである。孫悟空を弟子とするまえの、出発まもない三蔵のこととてたまげて気を失うが、太白金星に助けられるというだけの、物語を形成するまでにはいたっていないエピソードである。また、第91〜92回の玄英洞の辟寒・辟暑・辟塵の三大王は犀《さい》牛ということになっており、「牛」の字にまどわされて李卓吾本のさし絵では牛そのものに描かれている。とはいえ、犀牛とはリノセロスすなわちサイのことであり、中国人のサイ認識史にはベルトルト・ラウファー『サイと一角獣』(ラウファー一九九二)に語られているように興味ぶかいものがあるのだが、玄英洞の三大王は、さし絵でどう描かれようと、サイにほかならない。

というわけで、牛の妖怪としては、独角兕大王と牛魔王しかいないといってよいだろう。

にせ道士とにせ仏祖

第44〜46回の車遅《しゃち》国の段と第65〜66回の小雷音寺の段は、それぞれ、にせ道士・にせ仏祖という、聖なるものに化けた妖怪との戦いである(図6の③)。すなわち、車遅国の段では、虎《こ》力《りき》・鹿力《ろくりき》・羊力《ようりき》の三大仙を名のる黄毛虎・白毛鹿・羚羊の妖怪が道士を僭称して車遅国を壟断《ろうだん》しているし、小雷音寺の段では弥勒《みろく》仏の侍者たる黄眉童児が仏祖と称して孫悟空を苦しめる。

なお、『西遊記』には、にせ道士に化けた妖怪が悪事をはたらくという例が多く、たとえば第37〜39回の烏鶏国の段で、まことの国王を井戸につき落とし国王になりすます鍾南《しょうなん》山の全真教道士じつは文殊菩薩の青毛獅子もそうだし、第78〜79回の比丘国の段における国丈(国王のしゅうと)になりすました道士こと南極寿星の白鹿もそうであった。

全真教とは、王重陽《おうちょうよう》が女真族の金朝支配下の一一六三年に陝西《せんせい》の終南山でおこした道教の新教団で、やがて山東・山西・河南に発展し多くの信者を得るにいたった。モンゴル帝国時代になると、王重陽の高弟のひとり長春真人すなわち丘処機《きゅうしょき》が、中央アジア遠征中のチンギス・ハーンに招かれ、はるばるサマルカンドまでおもむき教義を説いたこともあって、いっそう勢力をのばした。このときの丘処機の旅は、同行した弟子の李《り》志常《しじょう》によって『長春真人西遊記』として記録されたが、「西遊記」という三字のおかげで、丘処機はのちに小説『西遊記』の作者に擬せられるというオチまでつくのである。

こうして、元代に全盛期を迎えた全真教は、明代になると次第に活気を失うが、いっぽう通俗小説の世界では、「全真」あるいは「全真先生」とは道士を意味することばになった。『水滸伝』にも、その用例はたくさん見える。なお、「先生」も元代では道士のことである。

烏鶏国の妖怪は、鍾南山から来た全真教道士と称していたが、「鍾南山」とは全真教発祥の地である終南山のこと(「鍾」と「終」は同音)。車遅国の虎力大仙も、「幼いころ鍾南山にて学んだ武芸をもちまして」などと自称している。

さきに述べた長春真人丘処機をはじめとする王重陽の七高弟のことを七真人というが、「斬龍」のところでややくわしく述べた女仙の孫不二《そんふじ》もまた七真人のひとりであった。これら七真人の詩詞中のことばは、『西遊記』のなかの詩詞にも大量に借用されている(柳一九八五)。

ところで、車遅国の段では、孫悟空たち三人が三清観《さんせいかん》にしのびこみ、三清すなわち元始天尊・霊宝道君・太上老君という道教至高の三神の像を厠にドボン！と投げ捨てるという場面がある。のみならず、空《から》になった三清の座にいる悟空たちを三清と思いこんで平伏叩頭する三大仙にたいし、「聖水」と称しておしっこを飲ませるのである。

いやはや、いくら小説のなかのこととはいえ、現存している宗教の一大宗派にたいするとんでもない侮辱あるいは冒瀆になるのではあるまいか。あるいは〈政治の中枢に食い込んだ道士らの専横に対する反撥〉にもとづく「道教批判」(磯部一九九五、396〜400)なのではあるまいか。それはそうなのだが、『西遊記』という小説は、玄奘の西天取経というまぎれもない史実を核としているがゆえに、物語のもっとも表層の部分は仏教的な外観におおわれている。しかし、仏教というオブラートを剝がすと、中味は一から十まで道教的で、たとえば三蔵の前世でのすがたは釈迦の二番弟子としての金蟬子《こんぜんし》ということになっているが、この金蟬とは、煉丹術における基本概念のひとつである(二五頁参照)とともに、『歴代神仙通鑑』巻5によれば、釈迦が布教に失敗し中国にやってきてから道教を学んだときの師の名でもあるというふうに、とんでもない逆転を内包しているのだ(中野一九九五、160〜161)。

したがって、『西遊記』に頻出する悪徳道士ども、あるいはさきに挙げた車遅国三清観での悟空たちの道教への冒瀆的行為などは、すべてこれ『西遊記』を最終的に集大成したおそらくは煉丹術師グループの自己韜晦《とうかい》の手段であったろうと、私は見ている。

さて、こういう次第であるから、『西遊記』におけるにせ道士の意味はまことに深遠なのだが、そのようなにせ道士のひとりが、にせ仏祖とシンメトリーの位置にいるのだ。この小説では、さきに述べた見かけ上の崇仏思想から、にせ仏それじたいがひじょうにめずらしい。にせ仏の登場は、頻出するにせ道士とのバランスでやむなく設定されたものであろう。

三蔵の異常体験

第28〜31回の黄袍怪《こうほうかい》の段と第80〜83回の地湧《ちよう》夫人の段も、三蔵の特異なる災難が語られるという点をもってシンメトリーをなす(図6の⑦)。黄袍怪の段では、三蔵が黄袍怪の妖力によって虎に変身させられた。三蔵に降りかかった災難は山ほどあるが、虎に変身させられたというのは、いかにも異常である。この話には、三蔵の記号論的解読におけるもっとも根本的な要素がひそんでいるので、IV「変換ものがたり」においてあらためて述べることにしよう。地湧夫人の段における三蔵の異常な災難についてはすでに述べた。すなわち、第81回において、三蔵の八十一難のうちの第一難が明かされ、前世に釈迦の高弟であった金蟬子が俗世に貶《お》とされ玄奘として生まれたということがわかるのである(七六頁)。

このふたつのエピソードをもって、第55回を中心としてシンメトリーに配置されるグループ(図6の①〜⑦)はひととおり検討したことになる。

悟空の不在

いまながめてみた黄袍怪の段のもうひとつの際だった特徴は、孫悟空の不在という事実である。すなわち、第27回、白骨夫人の屍魔を退治した悟空は、罪のない人をたたき殺したとの猪八戒の告げ口をまに受けた三蔵によって追放される。かくして、悟空不在のまま黄袍怪の妖力により三蔵が虎に変身させられるという大事にいたるのだが、悟空不在のぶんを補うのが龍馬である。かれは龍のすがたにもどって黄袍怪と戦うが足を痛め、悟空を連れもどしにいくよう八戒を説得する。というわけで、第31回、悟空が復帰し、めでたく三蔵を救い、もとのすがたにかえしたという次第。

ところで悟空は、懲《こ》りない三蔵によってもう一度、追放の憂き目にあっている。すなわち第56回、悟空が盗賊の一味をあっさり殺してしまったのに腹を立てた三蔵、またも悟空をば追放した。悟空が南海の観音のもとに相談に行っているすきに、にせ悟空が三蔵の通行手形をうばって花果山水簾洞におもむく。悟空のしわざと思いこんだ三蔵は、手形をとり返すため沙悟浄を水簾洞にさし向ける。ひとりで西天取経におもむこうとしているにせ悟空をまことの悟空と思いこんだ悟浄、たまげて南海観音のもとに飛んだところ、はじめてまことの悟空のアリバイを知った。さてここから、ふたりの悟空の戦いとなり、にせものを見破ってもらうべく、南海観音・天界・冥界をへめぐったが、あまりにそっくりなので見分けがつかない。最後に西天なる如来のもとで、ようやく六耳獼猴《ろくじびこう》が化けたにせ悟空であると判明したというわけ。

中心軸としての黒水河の段

孫悟空不在という一大事をめぐって、黄袍怪の段とにせ悟空の段とはまったく異なる物語を展開させているところがみごとだが、じつはこのふたつのエピソードは、第43回の黒水河の段を中心軸としてシンメトリーに配置されているのである(図6の⑪)。

第43回とは、ほんらいの中心軸である第55回＝第「43」回の数字43だけをスライドさせたものであり、数字43も、「構成する数字」としての7の関係数であること、黒水河が通天河とともに『西遊記』の成立にかかわる重要な地名であるらしいことは、すでに示唆しておいた。第55回が中心軸であるならば、第「43」回をスライドさせた第43回もまた、さきに述べたふたつの中心軸に加えて、サブ中心軸とでもいいうる役割を帯びているのではあるまいか。

しゃべる龍馬

ところで、黄袍怪の段では、さきに述べたように、孫悟空不在中の三蔵の危機を救うべく龍馬が大活躍をする。のみならず、猪八戒をつかまえて、悟空を連れもどしにいくようにと大演説をぶつのである。これには読者たる私たちのみならず八戒もたまげてしまい、「おとうとよ、おまえ、今日はなんだっていきなりしゃべりはじめたんだい？　おまえがしゃべると、ろくでもないことがおこるんだぜ」といいうしまつ。

もう一回、この龍馬がしゃべる場面がある。第69回、くだんの朱紫国王の病いをなおすべく、悟空が珍妙なる薬を調合する。大黄《だいおう》と巴豆《はとう》それぞれ一両に鍋底の煤《すす》、そして龍馬のおしっこ……。八戒がおしっこを取りにいっても一滴も出してくれないので悟空たちそろって行ったところ、龍馬が、「おれが川を渡るときに尿を漏らせば、水中の魚たちはそれを飲んで龍になる。山を越えるときに尿を漏らせば、それがかかった草は霊芝《れいし》となる。その霊芝を仙童が摘んで長生の薬とするのだ。それほどの尿だ、こんな俗界でむざむざと捨ててたまるか！」という。それを説得してなんとか烏金丹《うきんたん》なるものをでっちあげることができたのだが、ともあれ龍馬は二回しゃべるのである。ふだんは三蔵を背にしてもくもくとあるいている龍馬がいきなりしゃべりだすとは、やはり特異な場面といわなければならないであろう。

このふたつのエピソードも、第47〜49回の通天河の段を中心軸としてシンメトリーに配置されているのだ(図6の⑩)。

やはり中心軸にもなる通天河

にせ悟空がいれば、にせ三蔵もいる。第37〜39回の烏鶏国の段におけるくだんの全真教の道士は、三年ものあいだ、烏鶏国王になりすましていたが、ほんものの国王が生きかえるや、形勢不利と見て三蔵に化ける。ほんものとにせものの区別がつかず、一同おおいに困惑する場面は、にせ悟空の段においてよりくわしく反復された。このふたつの段もまた、通天河の段を中心軸としてシンメトリーに配置されているのである(図6の⑨)。

以上のように、第55回のみならず、通天河の段も黒水河の段も、シンメトリー構造のエピソードを配置するための中心軸の役割を果たしていたと思われるが、シンメトリー構造とはいえないながら、ある美しい連鎖をなすエピソード群がふたつある。それを、つぎに見ていこう。

6　虫と女難の連鎖

妖怪どもの動物分類学

すでに図2「『西遊記』登場人物の相関図」(三一頁)で見たように、三蔵一行の旅をはばむ妖怪どもは、天界諸神の眷族としての動物がふとしたはずみで降生し妖怪となったAグループと、地上のただの動植物が、これもふとしたはずみで妖怪に昇格(?)したBグループとに分かれる。植物が化した妖怪は、これもすでに述べた第64回の荊棘嶺の段の木仙庵樹精たちに限られるので、いまは除外してもよかろう。

そこで、さて動物たちとなると、虎・熊・貂《てん》鼠・鹿・羚羊・牛・蟒《うわばみ》・豹・犀《さい》牛など雑多であるが、おおむね四足で毛のある獣《けもの》である。『西遊記』の成立とほぼ同時代に刊行された李時珍の『本草綱目《ほんぞうこうもく》』は、巻50・51を「獣部」にあて、これをさらに畜・獣・鼠・寓(サルの仲間)・怪(サルとヒトのあいだ。いまでもさわいでいる「野人」のたぐい)に分けているが、要するに、畜・獣・鼠・寓のいずれかである。

天界諸神の眷族としての動物には、文殊菩薩の青毛獅子(第37〜39回の烏鶏国の段における全真教道士、および第74〜77回の獅駝洞の段における大大王)、太上老君の青牛(第50〜52回の独角兕大王)、観音菩薩の金毛犼《こう》(第68〜71回の朱紫国における賽太歳《さいたいさい》)、普賢菩薩の白象(獅駝洞の段における二大王)、如来の義理の叔父にあたる大鵬金翅鵰《きんしちょう》(獅駝洞の段における三大王)、南極寿星の白鹿(第78・79回の比丘国における国丈)、太乙《たいいつ》救苦天尊の九頭獅子(第88〜90回の九霊元聖《きゅうれいげんせい》)、月界の搗薬《とうやく》玉兎(第93〜95回の天竺国にせ公主)などがおり、『本草綱目』巻49では「禽部」林禽類にはいるであろう大鵬が、鳥では唯一である。

ほかに、涇河龍王の第九子鼉潔《だけつ》(第43回の黒水河の段における小鼉龍)や南海観音の金魚(第47〜49回の通天河の段における霊感大王)などは、ともに「鱗部」に属するが、あの凶悪な霊感大王の本性が金魚だとは、ちとうれしい。

九頭虫か九頭鳥か

じつは虫もいる。第55回の毒敵山琵琶洞の女怪は蝎子《さそり》の化けものだったし、第62・63回の祭賽国の段における九頭駙馬《ふば》は九頭虫だった。また第72・73回の盤糸洞の段における七女怪は蜘《く》蛛《も》の化けもの、多目怪は蜈蚣《むかで》の化けものである。

このうち、九頭虫については注意を要する。第63回にしるしているところでは、ずんぐりしたからだは、まるで黿《かめ》か鼉《わに》のようだが翅をもち、あたまが九つ。猪八戒もたまげて「こんなへんなやつ、おいら生まれてはじめてだぜ。いったいどんな血筋なんだい」というしまつ。文献的な「血筋」なら、『夷堅志《いけんし》補』巻2に見える九頭鳥がそれで、鬼車鳥ともいう。ずんぐりしたからだから十脰《とう》(脰とは頸《くび》のこと)が生え、それぞれの脰には両翼がついているが、一脰が欠けているので十八の翼をバサバサさせ、欠けたあたまから血をしたたらせているさまはすごいという。唐代から九頭鳥の伝説は知られていて、頸からしたたる血が人家に落ちたら、必ず災厄が降りかかる、うんぬん。

いっぽう、明の万暦年間(一五七三〜一六二〇)の前半に成ったと思われる『湖海捜奇《こかいそうき》』によれば、蜀には正月と二月の夜、九頭虫を追いはらう習慣がある。というのは、その九頭虫の一頭が斬り落とされ、いつも血を流しているので、その血の一滴でも落とされたら災難が降りかかるからだ。一頭を斬り落としたのは、孫行者ということだそうだ、うんぬん。世徳堂本『西遊記』の刊行は万暦二十年(一五九二)であるから、『湖海捜奇』が孫行者が九頭虫の一頭を斬り落としたと述べているのは、世徳堂本より古い、散佚したテキストにもとづいているのであろう(磯部一九九三、357〜358)。

唐以来の九頭鳥の伝説が、明代になって九頭虫になったのは、世徳堂本より古いテキストのたんなる誤記だったかもしれない。『湖海捜奇』の記述からは、九頭虫がその名のごとく虫なのか、古い伝承どおり鳥なのか、形状は不明だからである。とはいえ、世徳堂本を集大成した人物には、九頭虫は鳥であるとはっきりわかっていた。さし絵も、九つあたまの鳥になっている。記述もまた、鳥として描写している。にもかかわらず、九頭虫という名称が必要だった。なぜか。

虫の連鎖

この妖怪は、駙馬という名称が示唆するように、乱石山碧波潭の万聖龍王の女婿である。つまり、龍王と龍婆のあいだに生まれたむすめの夫である。龍女の夫たるもの、たとえ翼をもっていたとしても、龍的な形態をどこかにとどめていなければならない。果たして、さきに挙げたように、からだつきはまるで「黿《かめ》か鼉《わに》のよう」だとしるされている。鼉《だ》龍は『本草綱目』巻43では「鱗部」龍類に属し、龍王の女婿にふさわしい。

ところで、「虫」(正字「蟲」の略字であるとともに、「虫」という正字もある)は、いわゆるムシすなわち昆虫を指すとともに、虺《まむし》のことでもある。現代中国語でも、「虫」の字は、ムシのときは chóng だが、マムシのときは huǐ と区別する。マムシはもちろん蛇の属であるから、『本草綱目』の「鱗部」では蛇類、これまた龍王の女婿たるにふさわしい。

この妖怪が、伝承や形態ともに鳥であろうとも、字づらだけは「虫」でなければならなかったゆえんである。だが、「虫」でなければならなかった理由は、それだけではあるまい。

第55回の蝎子、第72・73回の蜘蛛と蜈蚣とならべると、第62・63回のこの九頭虫は、ちょうどまんなかにあたる。いい換えるなら、虫の連鎖ができるのである(図6の⑫)。そして、この虫の連鎖は、どうやら三蔵女難の連鎖と密接にかかわっているらしい。

女難のはじまり

そもそも三蔵の女難は、第53回の子母河《しぼか》の段ではじまった。この川の水を飲んで、男である三蔵と猪八戒が妊娠するという、世にもけったいな話の源流については、省略する(三七〜三八頁参照)。ここではただ、その水を飲むだけで妊娠できるという川の近くには、その川の水を必要とする女たちがいることを確認すればよろしい。

果たして、解陽山破児洞落胎泉(すごい地名だ!)の水を苦心のすえ入手した孫悟空のおかげでめでたく「落胎」した三蔵とその弟子は、西して三、四十里もしないうちに女ばかりいるまちにさしかかる。「人種《ひとだね》が来たわよォ!」という女たちのうれしそうな叫び声のなか(三七・五〇頁参照)、迎陽駅(!)にはいり待機するほどに、ここ西梁女国の女王の使者が来て、婿入りして国王になっていただきたいとの口上。悟空の計略でそれを承諾するふりをして宮殿に行き、通行手形に女王のはんこをもらう。そして西天に旅だつ弟子たちを見送るという口実をもうけ、女王ともども城外に出たところで三蔵は弟子たちといっしょに旅だたんとした。

そこへ道ばたから女がとび出してきて、三蔵をさらってしまった。毒敵山琵琶洞の女怪である。サソリを本性とする女怪のすまいが毒敵山なのは、もちろんサソリの毒に由来するが、琵琶洞というしゃれた名は、サソリの形状が琵琶に似ているからであろう。『捜神記』巻18に、大サソリをつかまえたところ琵琶ほどもあるサイズだったという話が見える。

それはともかく、その女怪とのやりとりが、『西遊記』の根幹をなすモチーフとしての「取経」のうらの意味「取精」を暗示していること、すでに詳述した(三九頁以下)ごとくである。

これ以後、三蔵のスペルマティック・クライシスを強調せんがために、女難の連鎖がつづく。つまり、三蔵の「元陽の精」をねらう女怪が、ほぼ定期的に出現するのである(図6の⑬)。

妖怪のジェンダー

ところで、妖怪たちの出自にもジェンダーによる色分けがあり、それは図2「『西遊記』登場人物の相関図」で見たような、天界諸神の眷族が降生したものか、地上の動植物が変身したものか、といった区別ではなく、女怪に変身しうるのは、昆虫や小動物、あるいは植物に限られるということだ。虎やら熊やら豹やらといった大型獣は、まちがっても女怪にはならない。妖怪のジェンダーというのは、かくして、まことに自然の摂理にしたがっていた。

女難の連鎖といっても、荊棘嶺の段と盤糸洞の段における女難は、さほどのことでもなかった。第64回の荊棘嶺の段では、陰風でさらわれた三蔵も、はじめのうちは木仙庵にてのんびり老人たちと詩のやりとりをして、めずらしく休息のいっときをすごしていたのだが、やがて美女に扮した杏仙が登場し三蔵に秋波を送る。老人たちも媒酌人になるだの、祝言をとりしきるだのといいだすしまつ。すったもんだのあげく孫悟空らが探しあててくれて再会、樹精たちは消え去る。

盤糸洞では、三蔵は七匹の蜘蛛が化けた女怪どもに捕えられ、その屋敷は糸でぐるぐる巻きにされる。とはいえ、女怪どもには三蔵の「元陽の精」をうばおうという気はなく、悟空たちにやっつけられて逃げこんだ黄花観の道士じつは蜈蚣《むかで》の精にいうことに、「その肉をひと切れでも食べたら、長生まちがいなし」とて唐僧をつかまえたとのことだった。それでも、これまた三蔵の女難にはちがいあるまい。

かくして、西梁女国と琵琶洞にはじまる三蔵の女難は、ほぼ等間隔にならんだ。そして、琵琶洞での女難と蝎子《さそり》の女怪、盤糸洞での女難と蜘蛛の女怪および蜈蚣の精とはそれぞれ対応するのに、荆棘嶺での女難は樹精なるがゆえに虫と対応しない。そこで、荆棘嶺の段の寸前にあたる第62・63回の祭賽国の段において、ほんらいなら九頭鳥となるべきところ、九頭虫と、字づらのうえで虫にしたのではなかろうか。

孫悟空も虫に化ける

こうして、虫の連鎖は三つでとまってしまったが、それというのも、虫は、孫悟空が化けるべきものであった。じっさい、悟空はよく虫に化ける。主として妖怪の洞窟にしのびこんで敵情をさぐるためなので、目だたない小さな虫がよろしい。なかでもよく化けるのは「蟭蟟《しょうりょう》」というやつで、太田辰夫・鳥居久靖訳では「うんか」となっているが、私はちと自信がないので、翅のある小昆虫の総称としての羽虫《はむし》と逃げておいた。

おまけに、盤糸洞の七女怪にはそれぞれ養子が一匹ずつおり、すなわち蜜蜂・螞蜂《すずめばち》・蠦蜂《くろばち》・斑猫《みちしるべ》・牛蝱《あぶ》・抹蜡《いぼたろう》・蜻蜓《とんぼ》である。抹蜡を和名イボタロウに訳したのは、訳注にもしるしたように窮余の一策で、なお後考を俟つ。

それはともかく、妖怪に化けそうな虫といえば、なるほど、サソリ・クモ・ムカデなどが最適で、このあたりで出つくした感がある。

しかし、女難の鎖はなおつなげなければならない。三蔵のスペルマティック・クライシスをさらに高め、西天での「取経」すなわち「取精」に収斂させなければならなかったからである。こうして第80～83回の地湧夫人すなわち托塔李天王が養女とした金鼻白毛老鼠精つまりネズミと、第93～95回の天竺国にせ公主つまり月界での搗薬玉兎という、小動物の鎖となった次第である。

III 組みたて工事

1　部品《パーツ》の分解

組みたて工事？

本章Ⅲのタイトルを「組みたて工事」とした。もうすこしましないいかたをすれば、「『西遊記』西天取経故事の構成方法」とでもなろうか。しかるに、文学作品とはまるで縁もゆかりもなさそうな「組みたて工事」とは何ぞや？

なるほど、『西遊記』は中国文学の一大傑作であるから、文学作品を分析するにふさわしい、高尚なことばがありそうなものである。しかし、明刊本『西遊記』の訳者としての実感からいえば、翻訳作業そのものがほとんど土木か建築の工事であった。ということは、世徳堂本を最終的に集大成した謎の人物にとっても、土木か建築の工事のようなものだったのではあるまいか。ま、しばしおゆるしを。

ところで、『西遊記』の「作者」は、一般には呉承恩《ごしょうおん》とされている。ただし、その確たる証拠はまったくない。そもそも世徳堂本を単独で「創作」することが不可能であること、以上の検証からもすでに明らかであろうが、本章においていっそう明白になるはずである。世徳堂本を最終的に集大成したのは、いままでもしばしば示唆したように、きわめて韜晦《とうかい》的なグループであったと思われる。そこで、複数である可能性をも含めて、その謎の人物を、以下とりあえず**X氏**と呼ぶこととする。

さて、この工事はまるきりゼロの土台の上にはじめたものではなかった。工事の材料とすべきものは、すでに山ほどあったからである。いままで「先行資料」と、とりあえず書いてきたものがそれである。

いうまでもないことだが、『西遊記』のもっとも中心となる核は、玄奘三蔵《げんじょうさんぞう》の西天取経の旅という動かしがたい史実である。その入寂《にゅうじゃく》ののちほどなくして、この偉大なる高僧の生涯は伝説化され、神秘化され、虚構化され、ついに『西遊記』にまでいたった次第だが、そのくわしいアカデミックな追跡については、太田辰夫氏や磯部彰氏らの浩瀚《こうかん》な業績（太田一九八四、磯部一九九三）を参照していただきたい。

ここでは、**X氏**の組みたて工事にあたって、かれ（ら）の手もとにどれだけの材料があったかを大ざっぱに検証すれば足りるのである。

そもそも**X氏**が『西遊記』のいわば決定版をつくろうと意図したのは、タイトルはどうあれ、かれが読んだであろう多分いくつかの先行テキストをおもしろいと思ったからにちがいない。おもしろいとは思ったが、**X氏**はさらに、「おれなら、もっとおもしろいものができる」という野望をかきたて、ひそかに仲間を集め、おそらくは極秘のグループを結成したのであろう。ここから、組みたて工事の第一歩がはじまる。

先行テキストの部品化《パーツ》

X氏がした最初の作業は、まず先行テキストを徹底的に分解することであった。先行テキストはおもしろいものではあったろうが、それに肉づけするだけでは足りない。先行テキストに盛られた話柄をバラバラに分解し、部品《パーツ》と化してから、まったく新しい部品とともに組みたてようというわけである。

さて、こうしてバラバラの部品に分解されてしまった先行テキストについて、ごくかんたんに述べておこう。

宋本＝『大唐三蔵取経詩話』

とはいえ、先行テキストそのものがそっくり現存している例はきわめて稀である。たとえば、十三世紀後半の南宋末に刊行された『大唐三蔵取経詩話』(以下、宋本と略記)は、三蔵法師の西天取経に猴行者《こうぎょうじゃ》(サルの行者)が加わり、法師を助けつつめでたく取経を達成するという話を、短いながらも、また素朴ながらも、いちおうの首尾をそなえて語っている。日本に現存する宋本のテキスト二種は、冒頭部分を欠いているが、法師の出発以後のことは、記述されたエピソードの質や量に疎密の差がいちじるしいとはいえ、ともかくもまとまった虚構の物語をなしているのである。

たとえば、通過した土地として火《か》類坳《るいおう》（のちの火焔山）・女人国・獅子林・鬼子母国・王母池などがあるが、これらは、そのすがたかたちを大きく変えつつ、のちの世徳堂本にも流れこんでいる。

この宋本から世徳堂本の成立までは、およそ三百年という時間が流れる。この三百年のあいだに、物語はおどろくほど成長した。

元本＝『朴通事諺解』所引テキスト

元代になると、『西遊記』と題するテキストが刊行された。おそらくたいへんな人気を博したのであろう、元朝支配下の朝鮮半島の人びとにも読まれた。残念ながら、この元刊本『西遊記』は現存していない。しかし、朝鮮資料『朴《ぼく》通事《つうじ》諺解《げんかい》』によって、三蔵が孫吾《（ママ）》空・沙和尚・朱八《（ママ）》戒を弟子としたことがわかるほか、通過した国や出くわした妖怪などが列挙されている。孫吾空が三蔵の弟子となるまえに天界で大あばれし、観音菩薩のおなさけによって花菓《（ママ）》山の石のすきまに閉じこめられたことも書かれていたらしい。また車遅《しゃち》国については、三大仙との法力くらべのくだりが、原文どおりではないであろうが、かなりくわしく引用されていて、世徳堂本第46回の直接の原形であることがはっきりとわかる。

こうして断片的に知りうる元刊本『西遊記』を、宋本に対比させて元本と呼んでおこう。この元本こそは、のちに世徳堂本へと成熟していく祖型《プロトタイプ》といえるであろう。

楊本＝『楊東来先生批評西遊記』

戯曲『西遊記』もいくつかつくられた。しかし、そのほとんどは現存していない。とはいえ、現存する『楊東来《ようとうらい》先生批評西遊記』なるテキストが、世徳堂本の刊行(一五九二)より二十年以上おそく刊行された(一六一四)にもかかわらず、明初の楊景賢《ようけいけん》がつくった齣《せき》(幕)を含み、また世徳堂本より古い時期の内容を含んでいる。これを楊本と呼んでおこう。

銷釈本と伝簿本

明代には、小説『西遊記』がたくさん書かれた。民衆のあいだでも人気があったであろうから、刊行されるほどに内容は豊かになっていったと思われるが、これまた残念なことに、世徳堂本以前の明刊本は現存していないのである。

しかし、さいわいなことに、散佚《さんいつ》してしまったそれら古本明刊本に依拠しつつ、三蔵一行の通過した地名や出くわした妖怪の名を列挙した資料がすくなくとも二種発見され、研究されている。くわしい説明はいっさい省略するが、ひとつは民間仏教関係の写本『銷《しょう》釈《しゃく》真空宝巻《しんくうほうかん》』中の二十九行(最初の三行を除きすべて一行十字)であり(太田一九八四、97〜111参照)、もうひとつは山西地方の農村における収穫感謝祭で演ずる隊舞戯《たいぶぎ》の順序をしるした写本『迎神賽社礼節《げいしんさいしゃれいせつ》伝簿《でんぼ》四十種曲』で、「万歴《(ママ)》二年正月十三日」という鈔写の日づけまでしるされた写本である。万暦二年(一五七四)ということ、世徳堂本の刊行に先だつこと十八年である(磯部一九九三、339〜383)。

どちらもべつべつの古本明刊本に依拠していること、地名・妖怪名を列挙しただけのかんたんな内容からでも推定できる。そこで、前者が依拠した古本『西遊記』を銷釈本と呼び、後者が依拠した古本を伝簿本と呼んでおく。『銷釈真空宝巻』や『迎神賽社礼節伝簿四十種曲』は現存するが、銷釈本や伝簿本は現存しないこと、あらためて注意されたい。

縁起本と日本の写本

もうひとつ、日本の写本がある。『玄奘三蔵渡《と》天由《てんゆ》来縁起《らいえんぎ》』(以下『縁起』と略記)と称する梗概訳で、鈔写の年代など詳細はいっさい不明だが、翻訳の底本は、いま述べた銷釈本とも伝簿本ともちがい、さらに、世徳堂本と酷似しながらもなおズレがあり、日本の寺院における説教本としての潤色がある(太田一九八四、176~191)。この翻訳(「上」のみで「下」は散佚)の底本を縁起本と呼んでおく。

X氏の工事開始

以上、世徳堂本より古いテキストについて、宋本・元本・楊本・銷釈本・伝簿本・縁起本と略称で呼びつつ、そのほんのうわっつらだけ一覧してみた。もちろん、これらのほかにも、とくに明代には、その存在は知られていても、たとえば銷釈本における『銷釈真空宝巻』のような、内容を推定するに足る資料が発見されていない古本もあるだろうし、さらに当然のことながら、その存在すら知られていない古本もあることだろう。

また、依拠したテキストの内容を推定するまでにはいたらない、いわば片々たる痕跡をとどめるだけの資料もいくつか存在している(磯部一九九三、350~365)。

さて、ふたたびX氏にもどるならば、かれ(ら)が以上のすべてに目を通していたかどうかは不明である。とはいえ、すくなくとも明刊の楊本・銷釈本・伝簿本・縁起本などは熟知していたであろう。「おれなら、もっとおもしろいものができる」という野心をおこさせたものが、これらの古本にほかならないからである。

そこで、ふたたび図6(六四~六五頁)を見ていただくならば、第13~98回に見える故事群について、「世徳堂本初出」として△印をつけたものを除けば、以上に一瞥した宋本・元本・楊本・銷釈本・伝簿本・縁起本のいずれかに、あるいはそのすべてに、なんらかのかたちでその話柄が存在していた、ということになる。いい換えるならば、△印をつけた故事群は、おおむね**X氏**の創作に係るといいうるであろう。おおむねといったのは、その痕跡すらのこさぬまま散佚してしまった古本が存在した可能性も否定できないからである。

つまりは、**X氏**は、宋本以降の故事群の蓄積の上に新しい故事群を創作して世徳堂本をつくりあげたというわけだが、正確にいえば、「蓄積の上に」というのは正しくない。蓄積された故事群をいったん部品《パーツ》としてバラバラに分解し、綿密な計算のもとに引かれたいわば「設計図」の上にならべ変えた、というべきであろう。かくして新しく創作された故事群とあわせ、「組みたて工事」がはじまったのである。

2　設計図の引きかた

大枠の決定

組みたて工事のためには、設計図が要る。**X氏**はおそらく、図6に示したような、第1回から第100回までの空欄だけの表をまず用意したであろう。そして、第13回の三蔵出発と第98回の西天到着をはやばやと決定し、そこから第55回の中心軸をもごくすんなりときめたはずである。冒頭の第1～12回も、第7回で孫悟空が釈迦如来によって閉じこめられるという前提のもとに、大枠がきまっていた。7の倍数の第14回で悟空が三蔵に救いだされるためにも、三蔵は第13回に出発しなければならない道理だが、そのための無理が生じた。第8回にて観音が取経者さがしのため東来し、沙悟浄・猪悟能・西海龍王三太子・孫悟空の順で取経者の守護者を決定するのはいいとして、第9～12回の玄奘が三蔵法師として西天取経に旅だつまでの因縁ばなしが、さきにも述べたように、ひどく冗長になったのである。

のちの清代におけるダイジェスト本『西遊真詮《しんせん》』が、世徳堂本でもおそらくもっとも退屈な部分である第9回を圧縮し、代わりに、世徳堂本があっさり詩ですませた玄奘の生いたちばなしを独立させて第9回にもってきたのは、読者サービスとしてはうまい方法であったけれども、それでは玄奘誕生をめぐる煉丹術的な意味が失われてしまうのである。

逆にいえば、「魏徴斬龍」＝「未徴斬龍」を重視した世徳堂本は、退屈さを承知のうえで、張稍《ちょうしょう》と李定《りてい》にえんえんと詩詞のやりとりをさせたということになろう。おそらくは、このふたりの詩詞のなかにもうらの意味が隠されているであろうけれども、私はまだそれを発見していない。

このように、世徳堂本の第9～12回は、第7・8回と第13回という動かしがたい大枠のなかにおいて、さらに「魏徴斬龍」という枠を嵌《は》めこまれたものであった。

「全員集合」までの十回ぶん

こうして、いよいよ第13～98回の「西天取経」故事群の組みたてとなるが、ここでも、もちろん大枠を設定しなければならない。

まずは、弟子たちをそろえるのに必要な十回ぶんを第13～22回とする。第8回で観音がきめていた順序を逆にして、三蔵は孫悟空・龍太子・猪悟能・沙悟浄の順に弟子にする。十回かけて「全員集合」というのは、じつは『金瓶梅』の構造と似ているのである。

『西遊記』とおなじく作者が謎のままの『金瓶梅』は、おそらく『西遊記』世徳堂本の刊行(一五九二)の前後に書かれ、写本として文人のあいだに流布したのち、万暦四十五年(一六一七)以後に刻本として刊行された。

周知のように、『金瓶梅』は『水滸伝』第23回から第27回前半までのいわゆる武松《ぶしょう》物語を極端なまでに敷衍《ふえん》した物語である。『金瓶梅』冒頭の第1～6回は、『水滸伝』の武松物語のあらましを文章ごとそっくり借用したが、その全体の構成は、『金瓶梅』の英訳者デーヴィド・トッド・ロイのいうように、二十回ずつのまとまりとなっており、しかも第50回を中心として前後みごとにシンメトリーをなしているのである(Roy 1993, xxxiii–xxxv)。第20回で李瓶児《りへいじ》が第六夫人として西門慶《せいもんけい》のもとに嫁入りし、西門慶の周辺の女たちがそろう。西門慶にとってのはじめての坊や官哥《かんか》も生まれ、西門慶の運はまさにのぼり坂だが、後半になると、つぎつぎと死が訪れる。第79回での西門慶の死が、「全員集合」の第20回とシンメトリーをなしていることに注意されたい。なお、アンドルー・プラークスは、『金瓶梅』の構成は「十回単位」になっていると述べるが(Plaks 1987, 203)、ロイはこれを発展させたのである。

『西遊記』第13〜22回の十回ぶんも、かくして「全員集合」のために用意されたものであり、そのなかにはさまる妖怪どもの話は、いわば予備的なものにすぎなかった。

そこで、いよいよ故事群の配分となる。

やま場の設定

まずは、当然のこととして、前半と後半のそれぞれに最大のやま場を設定しなければならないであろう。そこでえらばれたのが、第32〜35回の金角・銀角の段と第74〜77回の獅駝《しだ》洞の段であるが、後者がすでに元本にあったこと、『朴通事諺解』に、出発してすぐ「初到師陀国界、遇猛虎毒蛇之害」と見えるのでわかる。明代になると、伝簿本に「行至師陀国」とだけ見え、おそらく系統をおなじゅうしているであろう(磯部一九九三、340・345)。この師陀国が、世徳堂の獅駝洞へと発展したと思われるが、獅駝洞では「猛虎毒蛇」とは似ても似つかない魔王三匹が登場し、スケールも桁はずれに大きくなっている。

『縁起』のなかの金角・銀角

いっぽう、金角・銀角の段は、縁起本に見えるのが唯一の例である。『縁起』の鈔写年代がわからず、また、それが拠った縁起本の年代も不明なのだが、世徳堂本の直前にちがいない。『縁起』ではこのあたり、人参菓・白骨夫人・孫悟空追放・黄袍郎・悟空復帰の順となり、世徳堂本と順序はおなじ。

こうして、いよいよ金角・銀角の段となるのだが、山中で樵夫《きこり》が平頂山蓮花洞に住む金角大王・銀角大王の魔力のすごさを予告してくれるところからはじまって、猪八戒を偵察に行かせるところ、どうせ八戒のやつサボるだろうとて悟空があとを尾《つ》けるところも世徳堂本と一致する。ただし、世徳堂本では悟空は羽虫に化けて尾行するのだが、それはない。果たして、サボッてずる寝をしている八戒を、啄木鳥《きつつき》に化けた悟空がつついて起こすのもおなじ。

このように、細部もかなり一致するのだが、明らかに世徳堂本が改訂を加えたとわかる個所が次第に増えてくる。たとえば、八戒をつかまえた銀角が三蔵らをもつかまえようとて道士に化けるところを『縁起』で見ると——

我レ計《はか》リヿ《ごと》ヲ以テ玄沙ヲ生捕リ申サント手下ノ妖モノヲ峯ニ残シ、我レ汝等ヲ呼々《よばば》一時《ただち》ニ来ルベシト云ヒ合セ、七十斗《ばか》リノ老僧トナリ、コロンデ足ヲ痛メタ塩梅ニナリ、足《あし》シヨリ血ヲ流シ息《いき》キ少ナフウメキ、誰ソ助ケテ呉レンカ、我ガ庵室ヘ送テ呉レンカト泣テ玄ノ往ク道ノ先キヘ出テ居ル。実ニ危ヒヿ《こと》也。（原文には句読やルビなし）

世徳堂本は、「老僧」を「老道士」にあらためた。表面上、道士を悪人にしたて、全篇をおおう道教的本質に目くらましをかけるという、さきにも述べた**X氏**の詐術である。

このあと、銀角が孫（悟空）を山の下に押さえこみ玄沙（玄奘と沙悟浄）をさらったこと、銀角が精細鬼《せいさいき》・伶俐虫《れいりちゅう》なる手下に紫金紅《べに》葫蘆《ひさご》と羊脂玉（琥珀）浄瓶をもたせ、悟空を吸いこませるべく山頂まで行かせたこと、山神のおかげで山の下から脱出した悟空が、道士に化け精細鬼・伶俐虫をだまして妖怪の宝をうばうことなどはじつにくわしく、世徳堂本とほとんど一致する。

ところが、悟空と銀角の一騎打ちとなると、とたんに筋を追うだけ、おまけに、悟空がいったんは銀角のひょうたんに吸いこまれたという、あのおもしろいくだりは見えず、逆にあっさり銀角をひょうたんに閉じこめてしまう。そのあとも、まことにかんたんに金角を退治し、めでたしめでたしとなる次第だが、このあたり、おそらく翻訳者を兼ねた鈔写人が後半におよび力尽きたものか。

ともあれ、このあと『縁起』は、烏鶏国・紅孩児と進み、車遅国にいたり「上」を終える。「下」は現存していない。

前半と後半のやま場

かくして、前半のやま場としての金角・銀角の段が縁起本のそれをふくらませ、洗練させて出現する。これとシンメトリーの位置に、すなわち後半のやま場となるべき位置に配された第74～77回の獅駝洞の段については、元本と伝簿本に師陀国という名称が見えるだけで、その内容についてはほとんどわからない。さきに述べたように、元本にもとづく『朴通事諺解』に「遇猛虎毒蛇之害」と見えるだけだが、いかにも単純である。『縁起』下が欠けているので、縁起本における獅駝洞の段がどの程度に成熟していたかは不明であるが、世徳堂本は、金角・銀角の段とシンメトリックな、かつ豊富な内容をもたせることに成功した。シンメトリックな内容というのは、たんに双方に類似した個所があるということではない。骨格は似せながらも異なる意匠を凝らし、読者に対称性の仕掛けを感じさせてはならないのである。

類似個所については、田中智行君も指摘しているが(田中一九九四、88)、もっとも主要な点は、いっぽうでは、孫悟空が銀角に名を呼ばれ、返事をしたばかりにそのひょうたんに吸いこまれるが、計をめぐらせて脱出する(第34回)、いっぽうでは、陰陽二気瓶に吸いこまれた悟空、ひとりごとをいったとたん瓶のなかに火焰がひろがり、絶体絶命に追いこまれつつ計をめぐらせ脱出する（第75回）というくだりであろう。

旅のあいだ、悟空はよく妖怪の宝ものに閉じこめられたり、みずから敵の腹中にもぐりこんだりする。すべては、悟空の小さな「死と再生」のくり返しであるが、ここでは、名を呼ばれて返事をする、瓶のなかでひとりごとをいう、といった、いわば壺中天とことばとの関係がかたちを変えて描かれているといえよう。壺中天というこの相対性の宇宙では、ことばが異次元の霊魂や気を呼び寄せるからである。

ともあれ、前半と後半のそれぞれやま場として、まっさきに設計図の上にシンメトリーに配置された金角・銀角の段と獅駝洞の段とをくらべてみると、縁起本における獅駝洞の段の内容がわからないのでいささか不安ではあるけれども、縁起本で一気にほぼ完成の域に達していた「試作品」としての金角・銀角の段にみがきをかけ、それをいわば鑑《かがみ》として、シンメトリックな話柄たる獅駝洞の段が念入りにつくられたと思われる。

錐のつくりかたの失敗

とはいえ、対称性を重んじるあまりの無理も生じた。銀角のひょうたんに封じこめられた孫悟空の脱出法は、思わずうなりたくなるほど秀抜だが、獅駝洞で陰陽二気瓶に吸いこまれ、猛火に悩まされた悟空は、瓶の底に錐で穴をあけ、陰陽の気を漏らしてから羽虫に化けて脱出した。ところで、その錐は、悟空のくびのうしろに生えている三本のピンと硬い毛に仙気を吹きかけてつくったものなのだが、その三本の硬い毛とは、第15回で南海菩薩よりいただいた「命の毛（原文は「救命毫毛」）」なのであった。そのことを悟空は、瓶のなかでやっと思いだして抜いたのである。

だが、それはちとおかしい。第65回の小雷音寺で鐃鈸《にょうばち》に閉じこめられた悟空は、亢金龍《こうきんりゅう》に角《つの》をさしこんでもらい、その先端に錐で穴をあけて角にもぐりこみ、引っこ抜いてもらって脱出した。ところで、その錐はといえば、いつものように金箍棒《きんこぼう》を変えたものなのである。ならば、やっと思いだした「命の毛」で錐をつくるまでもなかろうに。小雷音寺の段と獅駝洞の段と、最終的な執筆者がちがうこと、明らかであろう。

ともあれ、こうして、前半と後半のやま場をシンメトリーに配置した。7の仕掛けも、ともに隠された。

つぎは、さきに述べたように、第55回＝第「43」回から、数字だけをスライドさせ、第43回に黒水河の段をもうけ、そのさきに、中間地点としての通天河の段を、これまた7の重要な仕掛けである第49回を含めた位置に設定した。

ところで、縁起本がつくりあげた金角・銀角の段と、世徳堂本が創作した黒水河の段および通天河の段とは、密接な関係があるのではなかろうか。そのことは次節であらためてとりあげたい。

女難の連鎖のつくりかた

つぎにすんなり決まったのは、おそらく第36回と第64回の二乗数の回であろう。第25回と第81回については、それぞれ人参果の段と地湧《ちよう》夫人の段に含まれるので、べつの工夫が要った。とくに後者は三蔵女難の連鎖にも組みこまれるので、その発端としての第54・55回の西梁《せいりよう》女国と琵琶洞の段の決定には、細心の注意を要したはずである。すなわち、西梁女国は、その前提としての第53回の子母河の段が、黒水河・通天河につづいての川の連鎖につらなるという制約をもつ。

こうして西梁女国の段と地湧夫人の段がきまると、第64回の荆棘嶺《けいきよく》の段と第72・73回の盤糸洞の段に女難的要素をも加えるのは容易であったろう。この女難の連鎖をもうひとつ増やし、西天到着直前に天竺国にせ公主の段をもうけたのは、第85回以降はほとんど世徳堂本初出の話柄で埋めなければならない、いわば「空白地帯」だったからである。

「空白地帯」としての朱紫国の段

では、「空白地帯」とは何か。もっともわかりやすい例を、第68～71回の朱紫国の段に見ることにしよう。朱紫国の段は、すでに見たように、第37～39回の烏鶏《うけい》国の段と、皇后の貞節問題をもってシンメトリーをなしている(図6の⑤)。烏鶏国の段は『朴通事諺解』における「獅子怪」がおそらくその先蹤《せんしょう》かと思われるが、楊本には見えず、伝簿本にはじめて「烏鶏国」として登場する。縁起本では、法林寺(べつの個所では宝林寺)に泊まった玄奘の夢まくらに国王の幽鬼が、いまのにせ国王に井戸につき落とされたことをうったえるところからはじまり、孫悟空が兎に化けて狩猟中の太子に告げ、太子が母后にただすなど、世徳堂本とほぼおなじである。ところが、そのときの母后の答えを『縁起』で見るならば――

母ノ仰セニ、成程異ナルヿ《こと》大キニアリ。先《まず》第一、三年前トハ大王ノ心《こころ》ロ廉《かど》ト〱《かど》シキヿ、瞋《いか》リ玉フヿ、其節ノ瞋《め》ノ中ノ恐シサ、口中ノ息《い》キノ臭キヿ、又《ま》タ骸《からだ》タノアラ〱シク手当リノ悪《あし》キヿ、骨子《ほね》大《ぶ》(太)トニ我カ身ニ障《さわ》ルニ其痛キヿ、又タ身ノ重キヿ、扨又《さてまた》三年前ハ大王ノ身暖カ也。三(年)后冷《ひややか》ナルヿ氷リノ如シ。其故《ゆえ》ヲ寝物語ニ問ヘバ、我身老《おい》テ如斯《かくのごとし》ト仰セラレルト。(原文には句読やルビなし)

このくだり、まことにおもしろい。皇后は、にせ国王とも知らず、その心とからだの変わりようをいぶかりつつも、同衾し身をまかせていたのである。世徳堂本では、それを、にせ国王はじつは去勢された青毛獅子であるがゆえに皇后とは同衾しなかったとして、皇后の身の潔白につなげている。まことの国王が生きかえるための伏線であるが、縁起本は、悟空らがにせ国王を退治したところ、「本相ヲ現シタ処カ、ア、恐ロシヤ数千年経タル黒獅子デ在《あっ》タ」。そのあと井戸のなかから「先皇ノ死骸」を引きあげたが、「先皇」は生きかえることなく、「玄(玄奘)ヲ頼《たのん》デ吊《とむら》ヒ読経有テ、其后《そのご》緩《ゆ》ル〳〵御馳走アリ」とて烏鶏国の段を終える。

つまりは、世徳堂本になってはじめて皇后の貞操問題を隠れたる大きなモチーフとして据え、それとシンメトリーの位置に朱紫国の段を配したにちがいない。『縁起』下が現存しないので不明ながら、縁起本の後半にはすでに朱紫国の段があったであろう。それでも、皇后の貞操をめぐる複雑なすじだては整っていなかったであろうこと、いまの引用からも明らかである。

朱紫国の段はまた、猛火との戦いというモチーフをもって紅孩児《こうがいじ》の段とシンメトリーをなす(図6の④)いっぽうで、龍馬がしゃべるというモチーフで、通天河の段を中心軸として黄袍怪《こうほうかい》の段ともシンメトリーをなしている(図6の⑩)。さらに、〈朱紫国の段には、孫悟空が妖怪の宝物を偽物とすり替え、偽物を持った妖怪に対して、この宝物には雌雄一対があり、自分のは雌でおまえのは雄だ、とデタラメをいう場面(第71回)があり、これは金角銀角の段(第35回)と酷似している〉(田中一九九四、89)。ほかにも、悟空が妖怪の子分から妖怪の魔力や宝ものの秘密をさぐりだしたあげく、その子分になりすまして敵陣にしのびこむ、というのも、わずかな差異はあっても、金角・銀角の段をはじめとして、この朱紫国の段、獅駝洞の段、さらには九霊《きゅうれい》元聖《げんせい》の段（第89回）などに共通する。

朱紫国の段は、このように、ほかのいくつかの故事の要素を借用し、組みあわせて成立している。シンメトリー構造という設計図において、ここも中心部に近い大きな「空白地帯」であったのが、さまざまな部品《パーツ》の組みあわせによって、かなりおそくにできあがったところといえるであろう。

ごく一般的にいえば、先行テキストに見える部品《パーツ》としての故事aと、そのaから新たにつくられた部品としての故事a′とをシンメトリーに配置する。aとa′とをあまり近接させると興味は殺《そ》がれるし、やたらに離しても、ほかの故事群と混乱を生じるであろう。こうして、第55回を中心とする部品abcd……と新部品a′b′c′d′……のシンメトリックな配置ができあがり、加えて、金角・銀角故事と密接な関係をもつ黒水河・通天河の故事をも、数字7の仕掛け装置に組みこみ、それにも対称軸の機能をもたせた。二乗数の第25・36・49・64・81回には、こうしたシンメトリーの原則とはまたべつの機能をあらかじめ仕掛けておいたので（II—3「二乗数の秘密」参照）、設計図の全体は、じっさいはよりいっそう複雑な様相を呈したであろう。

3　雲南の川と金銀

フビライと元代の黒水河

黒水河という川は実在していた。現雲南省中部に発し、東南に向かってほぼまっすぐ流れ、ヴェトナム北部を貫通してトンキン湾に注ぐ川である。ヴェトナム部分はソンコイ川と呼ばれているが、その上流は元のころは黒水・黒江・黒河などと称せられた。いまでは、ソンコイ川の支流であるソンダー川の中国名が黒水河になっている。

モンゴル帝国が元という中国ふうの国号をもったのは、フビライ・ハーンの即位の年(一二六〇)だが、その寸前の一二五三年、皇子時代のフビライは雲南に遠征した。安南(ヴェトナム)を平定し、南からも南宋を攻撃しようという作戦のためである。フビライ自身は雲南にあった大理国を滅ぼすなり北帰したが、かれの将軍ウリヤンカタイは一二五八年に安南を降伏させた。こうして、フビライ・ハーンの時代すなわち元代になると、雲南の全域は元の支配下にはいるのである。

行政区も整備され、そのひとつ元江路は「黒水の西南にあり」と明記されている(『元史』地理志)。この黒水は明代になると元江と改称され、今日におよんでいるが、明・清代でも黒

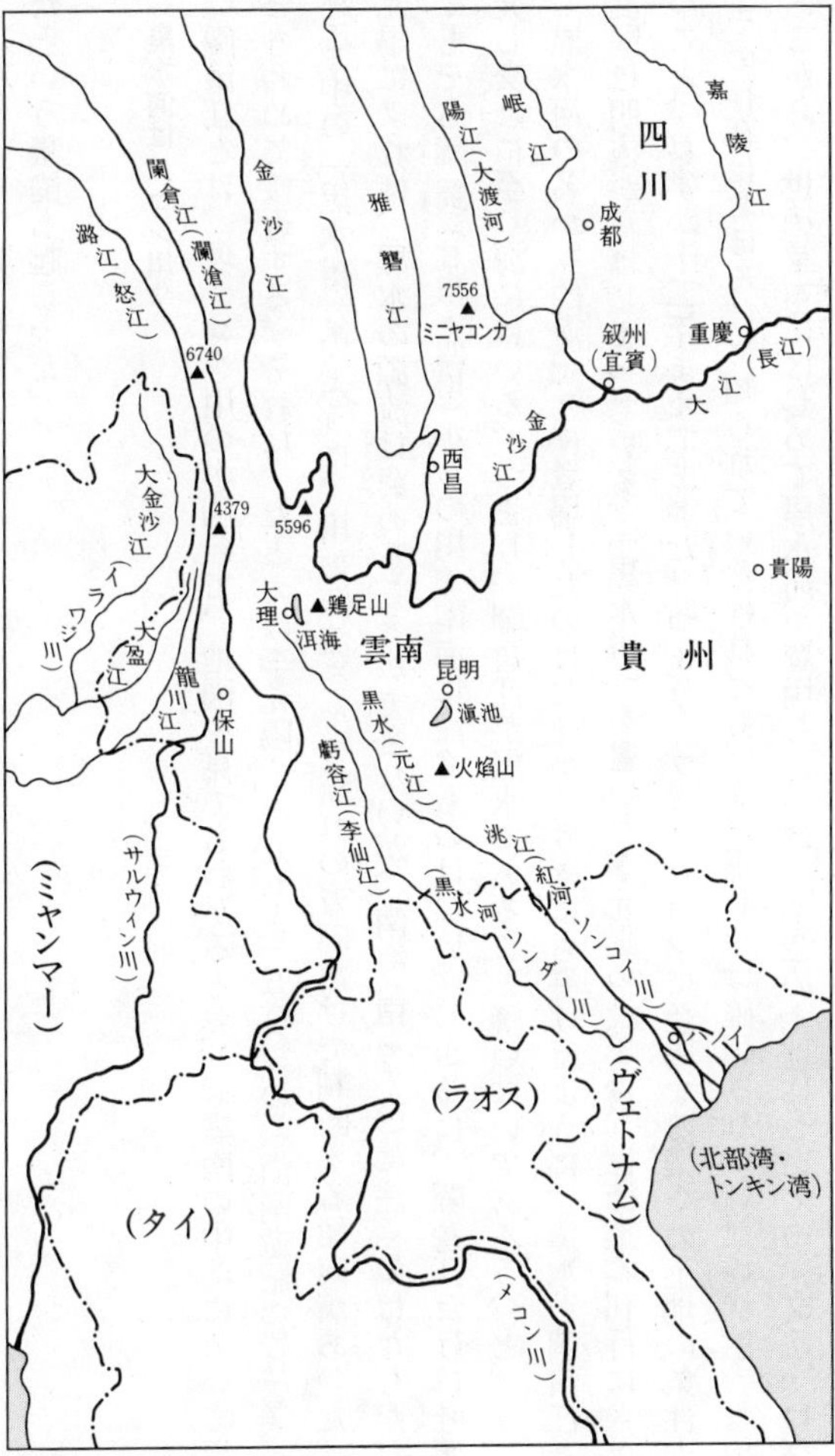

図16　元・明代の雲南の河川認識　-・-・- 現国境，（　）は現地名

水・黒江などと呼ぶのがふつうだった。のみならず、この黒水は瀾倉江《らんそうこう》(瀾滄江)とおなじものだという議論も起こった。

黒水河はメコン川?

瀾滄江とは、現メコン川の中国名で、地図を見てもわかるとおり、雲南の中部において黒水ときわめて接近する。それに、たとえば李元陽(一四九七～一五八〇)の『滇南遊記《しんなん》(滇は雲南の簡称)』中の「黒水辨」のように、川の源流をその流れの方向だけで判断する傾向があった。李元陽によれば、黒水の源流は窮《きわ》めることができないが、南海(南シナ海)に注ぐのはたしかだ。そもそも隴蜀《ろうしょく》(甘粛・四川)からの川で南海に注ぐものはない。しかるに、瀾倉江だけは吐蕃《チベット》に発し交阯《ヴェトナム》に至り海にはいる。つまり、瀾倉江が黒水であること疑いないであろう、と。

黒水河の名が『西遊記』に登場したのはなぜか。さきにも挙げたように、黒水と瀾滄江との混同は明末からはじまっている。「黒水辨」を書いた李元陽の没年は、世徳堂本刊行にさきだつこと、わずか十二年まえであった。つまり、フィクションに登場する架空の土地の条件とは、「その存在はおぼろげに知られているけれども、まだ正しくは確認されていない状態」なのであるから、世徳堂本にはじめて黒水河が登場したのは、架空の土地についての「文法」にぴったりかなったことなのである。

世徳堂本では、第43回にこの黒水河の段が設定されるが、それは、数字7の仕掛けとしての第49回に距離のうえでの中心軸としての通天河を置くこと、「西天取経」故事群の中心は第55回に置くこと、そして第55回を第「43」回と読みかえたときに、43という数字だけをスライドさせること、といった一連の操作をへたものであったと思われる。べつのいいかたをすれば、第43回と第49回とは同質のものでなければならなかった。49が7の倍数であるのは当然のこととして、43もすでに述べたように7の関係数であった。さらに、第43回が黒水河であるならば、第49回も川を舞台とした話でなければならなかった。

通天河の設定

こうして第47〜49回に設定された通天河の段において、三蔵一行は、西天までの道のりのちょうど半ば五万四千里まで来たことを知るのである。

通天河という名称は、通天冠とか通天台といった、きわめてありふれたところからごく自然に発想されたものであろう。通天冠とは、皇帝略装のとき着用する冠であり、通天台とは、文字どおり天にも通じるほど高い台《うてな》のことで、漢代の長安近郊にあった。また通天大聖とは、楊本つまり戯曲『西遊記』における孫悟空がみずから名のった称号である。ちなみに悟空の自称は元本以下すべて斉天大聖であるが、楊本だけは通天大聖となっており、斉天大聖の称号は兄にゆずっている（ちなみに弟もいる。耍耍《ささ》三郎＝いたずらさぶちゃん）。

こういうわけで通天河という名称じたいは、めずらしくもなんともないのだが、通天河と称する川は実在する。すなわち、現代の中国地図を見るとすぐわかるように、長江の最上流部の呼称である。

長江の源流

そもそも長江の源流について、中国人は久しく四川盆地の西端を北から南下する岷江《びんこう》であると考えていた。南下して四川盆地南端の宜賓《ぎひん》にいたり東流する。この宜賓より下流を大江（いまは長江）と称する。古代の地理書『禹貢《うこう》』に見える「岷山より江を導く（岷山導江）」ということばに引きずられつづけていた岷江江源説は、明末の地理学者にして旅行家であった徐霞客《じょかかく》（一五八七〜一六四一）の雲南踏査旅行（一六三八〜三九）によって、はじめてくつがえされた（徐一九八五）。

かれは貴州経由で雲南にはいり、金沙江《きんさこう》の最初の大湾曲部にまでいたり、この金沙江こそが大江の本流だと考えた。金沙江のさらに上流は、まだはるか遠い。その江源を踏査し窮めたわけではないのに、かれは岷江江源説を否定し、金沙江江源説をとなえた（『遡江紀源』また『江源考』とも）。それは、黄河と大江をシンメトリックにとらえた、かれの「神聖幾何学的な地勢観」が生みだした壮大な理論であり「真摯な想像力」であった(武田一九九七、137〜144)。

ところで、現代では、金沙江のさらに上流は青海省に発し、途方もない流れを集め集めて通天河となり、雲南省にはいってから金沙江となることを知っている。ここで、通天河という名称が出てきた！

現代の長江源流

いま、試みに長安と、インドのたとえばデリーのあたりとを定規でむすび、その直線距離を計ってみると、三一〇〇キロメートルぐらいになるだろうか。おもしろいことに、通天河は、その直線のほぼまん中にあたるのである。**X氏**は知っていた？　いやいや、まさか。『西遊記』における通天河の位置と、現代の地理的現実における通天河の位置との一致は、もちろん偶然である。いや、むしろ、いま実在する通天河なる名称は、『西遊記』からの借用だったのではあるまいか。ともあれ、今日の中国の地図に明記されている通天河なる名称は、民国以後に一般化したものにちがいない。この名を口にするとき、中国人は『西遊記』の影をそこはかとなく感取しているはずである。

なお、『西遊記』にちなむと思われる地名は、中国のいたるところに見られるが、わけても雲南と福建に多い。火焔山はトルファン盆地のそれが有名だが、雲南にもある(図16参照)。ただし、鶏足山は世徳堂本の成立にはるか先だって、人びとの信仰の対象となっていた。

金銀を産する雲南

ところで、金角・銀角という秀抜な妖怪名は、じつは雲南と深い関係があろう。雲南は金銀の名だたる産地であった。ちなみに雲南は、古来「有色金属王国」と呼ばれていたそうだ（雲南省一九九〇、88〜89）。十三世紀末、フビライ・ハーンの命により雲南まで旅行したマルコ・ポーロは、「十日間の行程の後、ガインドゥ地方の極限をなすブリウス河に到達する。この河は砂金に富み（以下略）」と書いている。ガインドゥとはいまの西昌のあたり、ブリウス河とは金沙江のこと（ポーロ一九七〇、304〜305）。

マルコ・ポーロはさらに西行してザルダンダンに着いたこと、商人が「銀五サッジ対黄金一サジオの割合で土人の金と交換」することなどを述べるが、ザルダンダン Zardandan とはペルシア語で「黄金の歯」のこと（ポーロ一九七〇、317）。なるほど元代には、行政単位として、いまの保山の南に金歯《きんし》宣慰司《せんいし》があったし、そのさらに南には銀沙羅甸《ぎんさらでん》宣慰司と呼ばれる行政単位があった。

現ミャンマーのモンミット周辺も元の支配下にあり、そこには銀の産地として有名な銀生甸があったほか、イラワジ川上流を大金沙江と称したのは、金沙江とおなじように、「水金（砂金）」が豊富に採れるからであった。唐代の樊綽《はんしゃく》が著わした『雲南志』（八六三刊）にも、雲南の金山・銀山のことが見え、古来はなはだ有名だったことが知られる。

角笛に返事する金と銀

この雲南から東どなりの貴州にかけてひろく分布している苗《ミャオ》族には、金銀のペアを題材とする神話や民話がひじょうに多い。

なかでもおもしろいのは、苗族の史詩「製天造地」である。その一節――

……吹起龍角咧哩咧嘿響、　……龍の角《つの》をピーヒャラ吹いた、
山谷里発出嗚哎嗚哎的回声。　谷からなにやら山彦の声。
金子聴見了、　金《きん》がききつけ、
金子来回答、　返事したのさ。
銀子聴見了、　銀もききつけ、
銀子来回答、　返事したのさ。
才知道這山有金銀。　ほら、この山には金銀あるぞ。
（過一九八八、82～83）

金角・銀角のひょうたんが、名前を呼ばれて返事をしたものを吸いこんでしまう話を連想させるではないか。もっとも、孫悟空が銀角に名前を呼ばれ、うっかり返事をしたばかりに銀角のひょうたんに吸いこまれたのは、「人の生魂を桶に収容する」宋代の話が、〈後世では壺や瓶や提灯などの容器中によびこんで密閉する話〉となった「摂魂邪術」の一例である(澤田一九八四、159)。それでも、金角・銀角という名前の由来は、金銀と龍角についての苗族神話に関係があるであろう。

苗族の創世神話と金銀

苗族の創世神話もまた、金銀をめぐる話で埋めつくされている。

むかしむかし、金戈《きんか》は太陽で銀戈は月という兄妹であったが、どちらが美しいかをめぐってけんかとなり、金戈は大水を出して銀戈をおぼれさせようとした。銀戈はひょうたんにもぐりこんで助かり、泥んこをこねて人間をつくり反撃に出ようとした。すると人間たちが、金戈は昼、銀戈は夜と、照らす時を分ければよいではないかと進言し、めでたくけんかは収まったという(貴州黔東南一九八二)。女媧《じょか》・伏羲《ふくぎ》をめぐる漢族の創世神話に酷似するが、女媧補天の神話そっくりのものもある。

苗族古歌のなかには、金銀の柱を立てて天を支えるという「打柱撐天《だちゅうとうてん》」歌があり、女媧補天における鼇足《ごうそく》(オオウミガメの足)の代わりに金銀柱になっているところ、苗族と金銀の密接な関係が見てとれる。金銀の柱を立てるには、山水を跋渉《ばっしょう》して金銀を探さなければならないが、「跋山渉水」歌はそのことをうたい、「運金運銀」歌は探しだした金銀を運搬することをうたう。

金銀はまた、柱になるほかに、鋳造されて太陽と月にもなる。「鋳日造月」歌がそれであるが、鋳造にたずさわる四大巨人がだれであるかについては、民歌によってさまざまなヴァリアントがあるようだ(以上、田ほか一九八四、298～364および貴州省一九八一、43～52)。

金銀はもと果物であって、飢えた百獣に分配されたが、この金果・銀果を天に撒《ま》いたらどんなに美しいことかと考えた半人半獣の巨神が実行したところ、金果・銀果は星になってしまい、永久に地上にはもどってこなかった(谷一九八七、550～558)。

金銀のペアを主人公とする苗族の神話・民話は、ほかにも数えきれないほどあって、金銀の生産量の多い雲南・貴州にふさわしい傾向を示している。

縁起本の金角・銀角

さて、『西遊記』とは縁のなさそうな退屈な話がつづいたが、じつは、そうではない。

世徳堂本の寸前に成立したと推定される縁起本は、金角・銀角故事を創造するにあたって、苗族の神話・民話に山積する金銀のペアの話をヒントにしたと思われる。とくに、龍角を吹いて金銀が返事をする話や、金戈とけんかした銀戈がひょうたんにもぐりこんだ話などは、当時どのようなかたちで語られていたかは不明ながら、かなりのヒントになっているのではあるまいか。すなわち、縁起本の作者は、苗族の神話・民話に通暁した人物であるのみならず、かなりの筆力をもった人物ということになる。

そしてさて、世徳堂本が黒水河の段と通天河の段を新たにもうけたことは、その作者たる**X氏**が、雲南の地理に通じていたことを暗示する。黒水河を闌倉江(瀾滄江)と同一視するといった、当時としてはやむをえない混同や誤解はあったにせよ、実在のこの名をして、中原《ちゅうげん》の読者には架空の地名と思わしめるに十分の条件を、黒水河はそなえていた。

黒水河のつぎにくるべき大河の名については、**X氏**は熟慮をかさねたはずである。当時、金沙江ないしその古名としての麗江は、かなり知られていた。おまけに、大金沙江まであった。水金(砂金)を産するので「金沙」の名がついたことも、かなり有名であった(方一九八七、989〜1014、1117〜1131)。とはいえ、黒水河のつぎに金沙江、ないし「金沙河」を設定すると、金角・銀角との関係の秘密が明らかになるおそれがある。そこで、架空の名「通天河」が生まれたのだと思われる。この架空の名が、約三百年あまりののちに現実の名となったのは、偶然とはいえ、さすがの**X氏**も予想だにできぬことだったであろう。

ところで、縁起本もまたX氏の手になるものではなかったろうか。さきにも注意をうながしたように、世徳堂本をつくりあげた人物は複数だった可能性がある。つまり、X氏とは、匿名の頭脳集団と考えたほうがわかりやすいだろう。そのような集団のなかの一部が、試験的に縁起本をつくった。宋本・元本・楊本のなかの話柄を大幅にふくらませつつ、金角・銀角の段を創作したのである。それを上梓し、世の反応をたしかめつつ、集団の中枢部がいよいよ決定版としての世徳堂本の設計にとりかかったのだ、と——。

その設計にあたっては、以上に加えて、さらにべつの仕掛け装置も隠されていたのである!

4　易《えき》による組みたて

前章で論じた『西遊記』における数字の秘密は、三蔵の長安出発が第13回であることから起算し、「西天取経」故事の中心軸を第55回に置くことによってはじめて解けたのであった。第13回の三蔵出発という事実は、見かけ上はいかにも単純であるが、かくも奥が深い。

ところですでに触れておいたが、『西遊記』と『易経』との深い関係を指摘したのは西孝二郎氏である。そこで、西氏の説くところを紹介しつつ、私見をも加えていくことにしよう。

ひとめぐりした六十四卦

西氏はまず、第65回の小雷音寺の段において、鐃鈸《にょうばち》に閉じこめられた悟空の「唵嚂《オーンラーン》静法《じょうほう》界《かい》／乾元亨利貞《けんげんきょうりてい》！」という呪文に注目する。

この「乾元亨利貞」とは、『易経』（『周易』ともいう）上経の冒頭の句で、日本人は伝統的に「乾《けん》は元《おお》いに亨《とお》る。貞《ただ》しきに利《よ》ろし」と訓ずる。そこで西氏は――

『西遊記』の一つ一つの回には、『易経』の六十四卦が順番に当てはめられているのではないかという単純な推測をすれば、この第65回は、六十四卦を一巡りして、また最初の「乾」に戻ったと考えられるところである。そこにおいて、実際に「乾」の要素が明瞭に見出されるということは、この推測はひょっとすると当たっているのではないだろうか。

この第65回には、他にも「乾」卦の影響が認められる箇所がある。

鐃鈸の中に閉じ込められた悟空を助けるために、二十八宿の星たちがやってくる。そして、その中の亢金龍《こうきんりゅう》という星が、その角を鐃鈸の中に差し込んで、悟空を救い出すのであるが、ここで働きを為すのが亢金龍であるというのは、「乾」第六爻爻辞にある「亢龍《こうりゅう》」と関係があるのではないだろうか。しかも、乾は五行は金で、『周易説卦伝』にも「乾を金と為す」とあるから、亢金龍は「乾」におけるこの亢龍と金を組み合わせた形になっており、「乾」卦の象徴として実に相応しいものなのである。（西一九九七、62〜63。以下「西一九九七」を省略。ページ数のみ。また「第六十五回」などの漢数字は算用数字に改めた）

二十八宿の星たちは、『西遊記』のあちこちに登場する。第28〜31回の黄袍怪の本性は、やはり二十八宿のひとつ奎木狼《けいもくろう》であり、第55回の例のサソリの精を退治したのは昴日鶏《ぼうじつけい》であり、第91・92回の玄英洞の段にて三匹の犀《さい》牛の大王を退治した四木禽星《しもくきんせい》とは角木蛟《かくもくこう》・斗木獬《ともくかい》・奎木《けいもく》狼《ろう》・井木犴《せいもくかん》である。これらの例でいえば、奎・昴・角・斗・井が伝統的な星宿名で、木や日は七曜（日・月と木・火・土・金・水の五星）であり、狼・鶏・蛟・獬・犴などは、おそらく宋代以後に民間道教で加えられた動物名である。亢金龍は、二十八宿の第一宿たる角木蛟につづく第二宿で、東方の夜空に浮かぶ巨大な龍の亢《くび》（頸）をあらわす（中野一九八三、87〜94）。この場合の亢は gāng 音である（いまは kàng 音に統一された）が、いっぽう『易経』に見える「亢龍有悔」とは、登りつめて高位にあるもの（亢龍）がおごりたかぶると衰亡の憂き目にあい後悔するという意味で、発音は kàng である。

したがって、『西遊記』の「亢金龍」は、『易経』の「亢龍」とはまるきり異なる出自の龍なのだが、第65回に「亢金龍」を登場させたのは、西氏の説くように、〈六十四卦をひと巡りして、また最初の「乾」に戻った〉からであろうこと、疑いあるまい。『西遊記』がよく使う手だが、ほんらいの意味はともかくとして、字づらのうえでの類似性も無視できないのだ。

表4 『西遊記』と『易経』の関係（西一九九七、65による）

回	①	②
1	乾	
2	坤	
3	屯	
4	蒙	
5	需	
6	訟	
7	師	
8	比	
9	小畜	
10	履	
11	泰	
12	否	
13	同人	乾
14	大有	坤
15	謙	屯
16	予	蒙
17	随	需
18	蠱	訟
19	臨	師
20	観	比
21	噬嗑	小畜
22	賁	履
23	剝	泰
24	復	否
25	无妄	同人
26	大畜	大有
27	頤	謙
28	大過	予
29	習坎	随
30	離	蠱
31	咸	臨
32	恒	観
33	遯	噬嗑
34	大壮	賁
35	晋	剝
36	明夷	復
37	家人	无妄
38	睽	大畜
39	蹇	頤
40	解	大過
41	損	習坎
42	益	離
43	夬	咸
44	姤	恒
45	萃	遯
46	升	大壮
47	困	晋
48	井	明夷
49	革	家人
50	鼎	睽
51	震	蹇
52	艮	解
53	漸	損
54	帰妹	益
55	豊	夬
56	旅	姤
57	巽	萃
58	兌	升
59	渙	困
60	節	井

第13回をも起点とする六十四卦

西氏はさらに——

ところが、第77回で悟空は次のような呪文を唱える。

唵藍《オーンラーン》浄法界《じょうほうかい》

乾元亨利貞！

この呪文は第65回で唱えられたのとほとんど同じである。第65回では、この呪文の「乾元亨利貞」という文句によって、その回が

61	62	63	64	65	66	67	68	69	70
中孚	小過	既済	未済	乾	坤	屯	蒙	需	訟
革	鼎	震	艮	漸	帰妹	豊	旅	巽	兌

71	72	73	74	75	76	77	78	79	80
師	比	小畜	履	泰	否	同人	大有	謙	予
渙	節	中孚	小過	既済	未済	乾	坤	屯	蒙

81	82	83	84	85	86	87	88	89	90
随	蠱	臨	観	噬嗑	賁	剝	復	无妄	大畜
需	訟	師	比	小畜	履	泰	否	同人	大有

91	92	93	94	95	96	97	98	99	100
頤	大過	習坎	離	咸	恒	遯	大壮	晋	明夷
謙	予	随	蠱	臨	観	噬嗑	賁	剝	復

「乾」卦に該当するということの根拠としたのであるから、再びここで同じ言葉が出てくるのはまずいことではないかと思われる。しかし、この問題点については、次のように考えれば解決することが出来る。

七十七から六十四を引くと十三である。仮に、第13回を起点として易の卦を「乾」から順に当てはめていくと、この第77回には再び「乾」卦が該当することになる。そうすれば、この回における「乾元亨利貞」という呪文の謎も解ける。第13回とは如何なる場面であろうか。それは、三蔵が唐を出発するところである。つまり、第13回は『西遊記』における三蔵の長い旅路の起点であるのだから、易の卦を当てはめていく際の起点にもなっているということは大いに考えられることである。「乾」から始まる易六十四卦は、第1回から順に当てはめられていくだけでなく、第13回を起点としても当てはめられていくのである。そうすると、『西遊記』第13回以降の一つ一つの回には、それぞれ二つの卦が該当することになる。(64～66)

西氏は、この考えを前頁の表4にまとめた。

第13回をも起点として考えるという点では私とおなじだが、私はもっぱら数字にこだわり、前章において、その数字の秘密をかなりの程度まで明らかにしてきたつもりである。しかし、『易経』とも似たような関係があったとは、おどろくほかはない。これを発見した西氏に敬意を表したい。

以下、西氏は第1～100回のひとつずつについて、『易経』の経伝を当該回の物語にあてはめつつ検証を進めている。かなり強引な解釈だと思われるところも見られるが、文字どおり目から鱗が落ちた思いのところもまたすくなくないので、そのいくつかを紹介しよう。①②とあるのは、表4の①②にあたる。

三蔵出発の卦

〔第13回〕 ①同人《どうじん》☲☰ ②乾《けん》☰☰

三蔵は長安の城門を出て、西天取経の旅に出発。

この回に該当するのは「同人」卦。志を同じくする仲間を集めてともに行くことを意味する卦であり、第一爻には「門を出でて人に同じゅうす」(門を出て同志を集める)とある。三蔵のこの旅には、悟空、八戒、悟浄、それに龍馬というお供が後に加わる。彼らはいずれも如来との約束で西天取経の旅に参加することになっている三蔵の仲間たちである。よって、同志を集め、ともに同じ目的に向かって進むのがこの旅であるから、その出発の場面には「同人」卦が実に相応しいと言えるのである。

そして、この第13回は、易の卦を当てはめていく際の第二の起点であり、「同人」であるとともに「乾」に相当するところである。しかし、先に述べたように、この回の「乾」は第10回の「履」と交換されている。第10回において「乾」が表現されていて、この回では、代わりに「履」が表わされているのである。

出発早々、三蔵は妖怪に捕えられてしまうが、その時助けてくれたのは太白金星であった。太白金星という名は、白と金の組み合わせで成り立っている名前である。さらに、その後すぐに、三蔵が山の中で猛獣に囲まれてしまった際、助けてくれたのが伯欽という名の人物で、この名にも白と金の組み合わせが見られる。

「履」は「兌下乾上」、兌の位置する西方の色は白であり、『周易説卦伝』には「乾を金と為す」とある。よって、立て続けに現われた白と金を組み合わせた名を持つ二人の人物

は、まさに「履」の象徴としての役割を持っているのだと思われる。(76〜77)

この回の「乾」が第10回の「履」と交換されているとはどういうことかといえば——

〔第10回〕①履《り》☱☰

(略)

この回における「乾」卦の表われは首を斬られた龍王の姿である。「乾」には「時に六龍に乗じて、もって天を御するなり。雲行き雨施して、天下平らかなるなり」という辞が繫《か》けられており、ここにおける雨を降らす龍と、首を切られたその龍が雨を司る者であったということとの間にまず一致が見出せる。

そして、「乾」には「群龍首《ぐんりようかしら》なきを見る」という辞もあるが、これは文字通りに解釈すれば、頭のない龍ということになり、首を切られた龍の姿と符合することになるのである。(74)

ここに引かれた「群龍首なきを見る」というのは「吉」なのであるが、なぜかについては、古来さまざまな説があって一定しない。一説には、群龍すなわち潜《もぐる》・見《あらわれる》・飛《とぶ》・躍の龍は出現しても、さきに出てきた「亢龍」だけは出現しないので「吉」だというが、『西遊記』では、そんなことはどうでもよくて、例の涇河《けいが》龍王の首が斬られたという、その表面的な事実だけを『易経』の字づらに合わせている、というわけである。「魏徴斬龍」をめぐる女丹の秘められた意味については、すでに述べた。ここに見られるような卦と回との交換は、ほかの回でもしばしば生じている。それは、〈作者の意図は『易経』を土台に『西遊記』を描きつつも、簡単にはそうと分からないような工夫をして、読者の目を眩まそうというところにある〉からだと西氏はいう(147)。さきに見た数字の配置の秘密からも、そのとおりであろう。

虎の皮の腰巻きの卦

〔第14回〕①大有《たいゆう》☲☰　②坤《こん》☷

（略）

第13回を起点とすると「坤」卦。これは、その卦辞に「牝馬《ひんば》の貞に利《よ》ろし」とあるように、従順であることの美徳を説く卦である。また、「先んずれば迷い、後るれば主を得」ともあり、弟子が師匠に対して取るべき態度などにも当てはめることの出来る内容になっている。

悟空が追剝ぎを打ち殺してしまった際、三蔵がぶつぶつと小言を言ったので、悟空は怒

って三蔵のもとを去ってしまった。（略）
やがて、悟空が帰ってきたので、三蔵はさっそく着物と頭巾を悟空に着せ、緊箍《きんこ》呪《じゅ》を唱えて、その効果を確かめることが出来た。（略）ここにおいて、「坤」卦の説くところが実現されることになったのである。
さらに、この回における「坤」の表われをもう一つ挙げよう。
「坤」の第五爻には「黄裳《こうしょう》」とある。黄色の下袴のことである。悟空は追剝ぎを退治する前に、一頭の虎を退治し、その皮を剝いで腰巻きとして身に着けている。これが、まさしく「黄裳」なのである。（78〜79）

悟空が虎を退治することの、より本質的な意味はほかにあるが、虎の皮の腰巻きが『易経』における「黄裳」とむすびつくとは、なるほど、おもしろい発見である。

悟空が第14回に三蔵の弟子になることは、7の仕掛けによる大枠によってすでに決定されていたことではあるが、「坤」の卦も、第14回の肉づけとして重要な因子たりうるであろう。

金角・銀角の卦

〔第35回〕①晋《しん》䷢　②剝《はく》䷖

第32回から始まった平頂山を舞台とする場面は、この回で決着するが、その平頂山という名前が、「剝」卦に由来するものである。「剝」は「坤下艮上」、山(艮)が崩れて平地(坤)となるという卦象だからである。(略)
また、「晋」第六爻には「その角《つの》に晋《すす》む」とある。この回で退治された妖怪は金角と銀角であり、その名前における「角」は、この爻辞から取られたものであるかもしれない。(105〜106)

さきに述べたように、世徳堂本にさきだつ縁起本にはすでに平頂山の金角大王・銀角大王が登場していた。縁起本は世徳堂本のように、回の構成が確立していたわけではないと推定される。したがって、平頂山という名が、第35回の②「剝」の卦に由来するということはありえないし、また、金角・銀角という名が①「晋」の卦を典拠とすることもありえない。とはいえ、先行テキストにすでにあった平頂山・金角銀角という名を、「晋」や「剝」の卦に符合させるべく配置したであろうことは考えられる。

子母河と西梁女国の卦

〔第53回〕①漸《ぜん》䷴　②損《そん》䷨

この回と次の第54回は西梁女国という所が舞台となっており、そこは文字通り女だけの国である。そこで、三蔵は妊娠したり、結婚を迫られたりするのだが、それは、この二回に該当する卦が「漸」と「帰妹」であることによるであろう。「漸」の卦辞は「女の帰《とつ》ぐに吉なり」であり、「帰妹」は妹を帰《とつ》がせる(嫁がせる)という意味であって、両卦とも男女の関係に関わりの深い卦であるからだ。

　第53回では、三蔵と八戒が、西梁女国にある子母河の水を飲んだために妊娠してしまった。しかし、悟空が解陽山にある落胎泉という所から水を汲んできて飲ませたので、堕胎することが出来たのであった。

　これは、「漸」第三爻の「婦孕《つまはら》みて育《やしな》わず」とあるのに拠っているだろう。(以下略)(134)

〔第54回〕①帰妹《きまい》䷵　②益《えき》䷩

　三蔵は、西梁女国の女王に結婚を申し込まれる。女王はとにかく乗り気であるが、三蔵はもちろん承諾するつもりはない。しかし、拒絶すればこの国の通行も許可してもらえないであろうから、取り敢えず承諾しておいて、後で悟空の法術を使って逃げ出すことに決めた。

「帰妹」は結婚に関する卦であり、しかも、女性の方から男性に言い寄るということ

を示している。この回の内容と「帰妹」卦が合致していることは一目瞭然である。（以下略）(135)

まさにこのとおりであるが、子母河の段や西梁女国の段がここに設定されるための大枠は、すでに見たように（一一三頁以下）べつにあった。その大枠の設計図のなかで、**X氏**は「帰妹」の卦をも合致させたのである。

地湧夫人の卦

〔第82回〕①蠱《こ》 ䷑　②訟《しょう》 ䷅

「随」の次は「蠱」、この卦は食物の皿に虫が入ること、皿の上の食物が虫が湧くなどして腐敗壊乱するというようなことを意味する。また、蠱惑すると言うように、女性が男性を惑わしたぶらかすという意味もある。

陥空山無底洞において、女怪は三蔵を宴席に招く。（略）

この宴席の場面に描かれた女怪による蠱惑、杯の中の虫、食物の壊乱、これらは全て「蠱」卦の意味するところそのものである。

この回に「訟」は見出せない。しかし、第83回に至って、「訟」そのものである訴訟が起こる。女怪がまたも三蔵を攫ってしまったので、悟空が天界に訴状を提出したのである。第83回の場面は第82回からの継続だから、このずれは大目に見ることが出来るだろう。(178)

地湧夫人の段における「蠱」の卦との対応は、まさに西氏の説くとおりであろう。ただし、悟空が羽虫になって女怪の酒杯の泡の下にもぐりこむについては、「酒の泡」と訳したその原語「喜花児《シーホワル》」をめぐって、さまざまなうらの意味が隠されていること、すでに見た(四四〜四五頁)とおりである。

西天から東土へ、また西天へ

〔第100回〕①明夷《めいい》䷣　②復《ふく》䷗

(略)

第13回を起点とすると「復」卦。西天取経は太宗の命を受けてのものであり、三蔵が経を持ち帰ったのは、太宗への復命ということである。また、三蔵一行は経を長安に届けた後、またすぐに西天に戻った。そこで彼らは仏の地位を与えられるのである。(略)

こうしてみると、第100回には「復」が最も適当する卦であるように思える。もしかすると、第13回を起点とした『易経』と『西遊記』の対応は、この第100回と「復」卦をまず結び付けたものなのではないだろうか。そして、そこから遡って、易の第一番目の「乾」に当たるところを、三蔵の出発の場面として設定したということではないかと考えられる。

最後にこの第100回の中で、「復」と関係があると思われる場面をもう一つ付け加えておこう。

三蔵一行が経巻を持って東土に帰る際、八大金剛が風に乗せて運んでくれたのだが、如来の命によって、一行は経巻を東土に届けたら、八日以内に西天に戻らなければならないことになっている。長安に辿り着くまでには五日を要した。それは、三蔵に最後の受難を与えなければならなかったためで、彼ら一行を空から通天河の畔に落としたからである。長安では一泊したので六日、それから急いで帰ったので一行は八日以内に西天に戻ることが出来たが、最後は一気に飛び帰ったであろうから、往復にかかった日数は七日という可能性がある。

この往復の日数にこだわるのは、「復」の卦辞に「その道を反復し、七日にして来復す」とあるからである。如来が八日以内に戻ってくるよう言い付けたのは、三蔵の旅の日数が、経巻の数である五千四十八と一致しなければならないからであり、三蔵がそこまでに閲した歳月は、それに八日足りない五千四十日であったからだ。しかし、五千四十八に一致させるのなら、八日以内ではなく、八日きっかりでなければならないであろう。なのに、以内という言葉が使われている。これは、そのように曖昧にすることによって、「復」の卦辞との結び付きを可能にしようとしたのだと考えられる。また逆に、この往復の旅が「復」を表わすためのものなら、その日数を八日でなく、七日にしてしまえばいいとも思われるが、それだとあまりにもあからさまになってしまうので、それを避けるために、八日以内という表現にしたのだと考えられる。(202〜204)

西氏のこの所説、みごとである。

ところで、「復」の卦に「七日にして来復す」とあるのはどういうことなのか。じつは諸説あって私にもはっきりはわからない。ひとつの説を紹介すれば、「乾」の卦の爻《こう》の変化に要する日数だというのである。

䷀乾《けん》→䷫姤《こう》→䷠遯《とん》→䷋否《ひ》→䷓観《かん》→䷖剝《はく》→䷁坤《こん》

䷁坤《こん》→䷗復《ふく》→䷒臨《りん》→䷊泰《たい》→䷡大壮《たいそう》→䷪夬《かい》→䷀乾《けん》

純陽の「乾」から一陽爻が消えて「姤」となり(易では下から上へかぞえる)、やがて陽爻がどんどん消え、ついには陽爻ゼロの「坤」となるが、ふたたび陽爻があらわれて「復」となる。つまり、「姤」から「復」まで七変化する。一卦を一日とすると七日なので、七日で「復」にいたる。陽爻が消えはじめてから、ふたたびあらわれる「復」まで七日かかるという意だという（李鼎祚『周易集解』巻6）。

いずれにせよ、易の世界は、その一卦六爻および六十四卦の組みあわせによって、無限の思弁、あるいは「机上の空論」がひろがっているのである。

ともあれ、『西遊記』の構成が易とも密接にかかわっていることを明らかにした西氏の功績は大きい。以上に紹介したのはそのほんの一部であるが、今後も必要に応じて触れることにしよう。

5　工事現場から

いままで、『西遊記』世徳堂本を最終的に集大成した謎の人物のことを、複数である可能性をも含めて、**X氏**と呼んできた。**X氏**が複数である可能性は、いまやひじょうに大きくなったこと、以上の検証からも明らかであろう。

おそらくは匿名の頭脳集団が、討議に討議をかさね、また試行錯誤をかさねて、最後の集大成のための突貫工事にはいったのである。当然、工事の全体を統轄する頭《かしら》がおり、いくつかのグループごとの棒頭《ぼうがしら》もいたであろう。以下は、その工事現場での録音の再生であるが、なにぶん四百年以上もむかしの録音なので、ききとりにくいところもある。登場人物は、頭と棒頭A・B・C・D・E。録音は、かなりの早送り。

頭――おい、Aよ。おまえたちの下書き本は読んだぜ。なかなかおもしろいじゃねえか。金角・銀角ってえのをつくったのも、よかったな。どこから話のネタをしこんだんだ？

A――へい。べつに話のネタっていうわけでもねえんですが、あっしのダチに苗《ミャオ》出身のやつがおりまして、金と銀の話を山ほどきかせてくれたんです。龍の角笛を吹いたら金銀が返事をしたんで、そこに行ったら金銀を掘りあてた、とか……

頭――ふうん。ま、大ざっぱな下書き本だが、いままでのこの手の本よりはずっとおもしろい。こいつを、ともかく刷って売ってみるんだな。ただし、あんまりたくさん刷るなよ。これからつくるどえらい本の、ほんの小手しらべだからな。

A――へい。して、題目はどうしますんで？

頭――そうさな、「大唐三蔵西遊縁起」とか「三蔵西天取経縁起」とか、ええい長いな、「三蔵渡天縁起」ぐらいでいいだろう。

A——へい。（シバシ間）
頭——おい、Bよ。図面を見せろ。
B——へい。
頭——ふむ、百回本にして、第十三回で出発、第九十八回で西天到着か。
B——こうしておけば、まん中が天地数になりますんで、しごとがやりやすいんで。
頭——ふむ。しかし、まん中ってえことは隠しておくんだな。九十八の半分の第四十九回に、西天までちょうど半分というところをつくっておけ。
B——七七・四十九でぴったりでさあ。ところで、あっしのダチに、「縦横図」と毎日にらめっくらしているへんなやつがいるんですが、そいつのいうことに、三十四も四十三もおなじようなもんで、三足す四は七、四足す三も七と、わかったようなわかんないような、へんなことをいっていましたっけ。
頭——おもしれえ。三十四も四十三もおなじく七ってえのをつかえ。
B——へい。じつは第十三回で三蔵出発ですから、こいつを仮りに第一回としますと、まん中の第五十五回は仮りの第四十三回となりますんで。四十三は、四足す三で七……
頭——さっきの第四十九回を、道のりの半分とすると、そのすぐまえの第四十三回にもおもしろい場所をもってきたいもんだな。

A――金銀の話が山ほどある苗《ミャオ》の連中は、雲南にたくさん住んでいるんだそうで。そこには、あっしらの知らないばかでかい川がたくさん流れていて、なんと、みんな南海に注ぐんだそうで。黒水河とかいう、凶々《まがまが》しい名まえの川もあるそうで。

頭――黒水河? うん、そいつを第四十三回につかおうじゃないか。で、第四十九回は?

A――黒水河のさきには、金沙江てえのがあるんだそうで。こいつをつかいやしょう。

頭――ばかいえ。金沙江じゃ、せっかくの金角・銀角のお里が知れるじゃねえか。西天までちょうど道のり半分……西天に通ず……そうだ、通天河ってえのはどうだ?

A・B・C――そいつは、いい名ですなあ。

C――さっきBが、第十三回で三蔵出発ですから、こいつを仮りに第一回とする、とかいったんで思いついたんですが、六十四卦のめぐりあわせも、二本建てにしなければなりませんですな。

頭――ん? どういうことだ?

C――(スラスラト表4ヲ書イテ)六十四卦は第六十四回でひとめぐりするんで、第六十五回はまた「乾《けん》」にもどります。ところが、第十三回を「乾」として六十四卦ひとめぐりしますと、第七十六回でひとめぐりして、第七十七回からまた「乾」にもどるということでして。

B――なるほど! 第七十七回てえのは、七の倍数のなかでとりわけだいじなところと思ってはいたが、易でも、なあ！

＊

頭——そろそろ、話柄を分配してみようじゃないか。おい、A、こないだ売り出した『三蔵渡天縁起』を、話柄ごとにバラバラにして、紙切れに書きつけてみろ。

A——へい。もう、ここに用意してありますです。

頭——よし。うん、まるで紙牌《カード》だな。その紙牌を、きまったところから図面に置いていけ。

B——はっきりしているのは、金角・銀角ですな。これは、第三十五回のあたり。

頭——おい、A。こないだの本の売れゆきはどうだ。

A——へい、上乗でして。金角・銀角が評判で、そろそろ増し刷りするってことでした。

頭——やめとけ。金角・銀角は、おれたちの本の目玉だ。こいつをもっとふくらませて、もっとおもしろくするんだ。こいつは、おれが書く。

B——なるほど、前半のやま場ですからな。するてえと、後半のやま場はどうします？

C——ほら、Bよ。あんたがいったじゃないか。第七十七回で、しかもまた「乾」からはじまるところだよ。

頭——そこも、おれが書く。

B——五五・二十五、六六・三十六、七七・四十九は、きのうの打ちあわせでいいとして、八八・六十四はどうします？

頭——八は、「河図《かと》」では東にくるな。五行では木《もく》……ふむ、第六十四回は樹木の精にしよう。たまには樹精にはばまれるのもいいだろう。

C——でも、第六十四回は「未済《びせい》」の卦。この卦には合いませんな。「未済」には、「征くは凶なり。大川《だいせん》を渉《わた》るに利《よ》ろし」とありますから、また川をもってきたらどうですかね。

頭——川は、黒水河と通天河でたくさんだ。いや、待てよ、だいじな第五十五回のすこしまえにも、へんな川を置くとしよう。第五十三回の「漸《ぜん》」の卦、そのつぎの「帰妹《きまい》」の卦、どちらも女に関係があるだろう？　三蔵は女怪にもねらわれる。あやうく「元精」を漏らしそうになるが……

B——八は、「洛書」では艮《ごん》の方角。ほら、Cのつくった表では、第六十四回は「未済」と「艮」ですな(表4参照)。「艮は止まるなり」で、樹精にぴったりでさあ。

頭——よしよし、そこはもういいんだよ。三蔵の女難ばなしをどうするか、だ。

C——へっへ。けっこうつやっぽいはなしも……

頭——そうだ。女怪のいろじかけ攻勢にあっても、三蔵は「元精」を漏らしはしない。それでも、西天に「取精」に行くというわけだ。

A・B・C——えっ？……(以下キキトレズ)

＊

D――おかしら、もってまいりました。

頭――どれ、見せろ。（シバシ間）うむ、おまえは、いってみれば基礎工事。はじめのざっと二十と二回ぶんか。いや、ごくろう。うむ、孫悟空の生いたちからはじめたか。

A――え？　これはなんといっても玄奘の西天取経の話ですぜ。やっぱり玄奘からはじめなくちゃあ……

頭――なあ、Aよ。玄奘が生まれるためには、な、龍を斬ってはならんのだ。

A――でも、魏徴が龍を斬るのはきまりでしょ？

頭――いやいや、女丹ではな、嬰児を生むためには「未だ龍を斬るを徴《もと》めず」なんじゃ。だから、これでよい、これでよい。

D――第九と十回が、どうも退屈でして。

頭――それは、あとで考えておこう。Eよ、おまえのをお見せ。

E――まだ書けていないところがたくさんあって穴ぼこだらけなんで……

頭――西天到着寸前というのも骨が折れることだな。

E――へい。

頭――おまえじゃない。三蔵さんたちが、だよ。

E——へい。でも、ほとんどあっしがつくったんで。苦労しましたです。

頭——よしよし、おれが手を入れておく。

A——おかしら、後半のはじめは、なんとかなったんです。火焔山も祭賽国《さいさい》も、ひながたがありましたし。でも、このあたりがうまくいかず、穴があいたままでして。

頭——うーむ。ここは、中心をはさんで反対側の烏鶏国を参考にするがよかろう。烏鶏国では、妖魔が国王を殺して皇后を寝取ったが、こっちでは、妖魔は皇后をさらっていく、といったぐあいに、な。

D——皇后が妖魔に寝取られるというんじゃ、読み手は納得しませんや。

頭——皇后の純潔に傷はつかなかったという仕掛けを考えろ。穴があいたままの第七十回は、易では「訟」の卦か。「貞なれば厲《あやう》けれど終には吉なり」とあるだろうが。第三十七回の烏鶏国の卦は「家人」か。ほら、いきなり「女の貞に利《よ》ろし」とあるだろうが。

A——へい。

頭——いいか、A・D・E、とにかくおもしろく書けよ。この工事はな、高楼を建てるんじゃないのだ。途方もない長廊をつなぐのだよ。おまえたちのつくった話をつないで、長廊として組みたてるのはおれだが、漆喰をこねたり、屋根瓦をのっけたりするのはBとCにまかせてある。もちろん、おれがいちいち指図するんだが。

D――へい。して、その長廊てえのは、長安から天竺までをつなぐものなんですな？

頭――ばかいえ。見かけの話はたしかにそうだが、ほんとは、天竺なんぞ、どうでもいいんじゃよ。ぐるぐると迷魂陣のようになっていて、……（以下キキトレズ）

Ⅳ　変換ものがたり

1　登場人物の記号論

初期の解読――憺漪子

『西遊記』の主人公たちは、いうまでもなく、三蔵法師を師匠として、孫悟空・猪八戒・沙悟浄・龍馬という弟子たちとあわせて五人(?)ということになる。この五人の性格やら役割やらについては、この小説を読むときのおたのしみとして読者それぞれにおまかせしておこう。

主人公たちのおもて向きの性格やら役割やらとはべつに、かれらには記号論的な、そしてまことに難解な煉丹術的な意味が隠されている。その隠された意味の解読は、じつは清朝の康熙《こうき》年間(一六六二～一七二二)に刊行された『西遊証道書《さいゆうしょうどうしょ》』に付された憺漪子《たんいし》(汪象旭《おうしょうきょく》)による評語や、おなじく康熙刊の『西遊真詮《しんせん》』に付された悟一子《ごいっし》(陳士斌《ちんしびん》)による評語などによって、つとにはじめられていた。

たとえば第22回で沙悟浄を収服して弟子に加え「全員集合」となるが、憺漪子はその第22回冒頭にて「憺漪子いわく」とて、この「全員集合」を『西遊記』の「小団円」とほめたたえてから、つぎのように述べる。

取経は三蔵を主とするのであるから、三蔵を五行のまんなかの土とみなすべきこと疑いない。土は火がなければ生じない。ゆえに、出発してすぐさま心猿(悟空)を収服した。これは、南神の火である。火は水がなければ既済《きせい》することができない(万事おさまりがつかない)。そこで、つぎに意馬(龍馬)を収服した。これは北精の水である。水が旺《さか》んになれば木を生むことができる。そこで、つぎに八戒を収服した。これは東魂の木である。木が旺んになれば必ず金がこれを制する。そこで、つぎに沙僧を収服したが、これは西魄の金である。つまるところ、南火・北水・東木・西金が中土を衛《まも》りつつ、水・火・木・金・土の定位にうまく配当されているのだ。

『西遊記』とくに世徳堂本には、五行をうたいこんだ詩句が多く、前後の文脈から三蔵たち一行を記号化したものであるらしいことは、だれしも察しがついていた。憺漪子によるこの解釈も、そうした記号解読のもっとも早期の試みである。

とはいえ、この解釈は、中心人物であるというだけの理由で三蔵を土とするという前提のうえに、五行相生《そうしょう》と相剋《そうこく》(八二頁の図7参照)とを恣意的に適用したものである。すなわち、悟空の収服には「火生土」を、龍馬の収服には「水剋火」を、八戒の収服には「水生木」を、悟浄の収服には「金剋木」を、といったぐあいに、五行相生と相剋の原理をつごうよくならべただけで、論理的な一貫性はない。それに、そもそも三蔵が土にあてはめられる論理的根拠も、いっさい提示されていないのである。

それでも、一行五人と五行とを対応させたということで、憺漪子はおおいに得意になっているようだ。その気持は、わからぬでもないが……。

初期の解読——悟一子

つぎなる悟一子は、もうすこし慎重になった。第19回、孫悟空が猪八戒をやっつけた情景をうたった詩に——

金性剛強能剋木　金《きん》の性は剛強にして能《よ》く木に剋《か》ち
心猿降得木龍帰　心猿《しんえん》は木龍《もくりゅう》を降《くだ》し得《え》て帰る

とあるのを承けて、金剋木の原理からいとも容易に、悟空を金に、八戒を木にあてはめた。また第22回、八戒が悟浄と戦いこれを負かしたときの詩二、三句から、八戒が木、悟浄は土であることは明らかであるとした。悟一子はほかにももっと複雑なことをるる述べているが、それ

表5　孫悟空・猪八戒・沙悟浄の異名一覧

	取経前	取経中
孫悟空	石猴・美猴王・弼馬温 斉天大聖 孫悟空	孫行者・大聖・斉天大聖・孫大聖 金・金公・火・心火・心猿・心君・心神
猪八戒	天蓬元帥 猪悟能 猪剛鬣	猪八戒 木・木龍・木母・水・肝木
沙悟浄	捲簾大将 沙悟浄	沙和尚 土・二土・土母・脾土・刀圭・黄婆

はしばらく措《お》くとして、かれは悟空・八戒・悟浄の三人弟子については、おおむね正しい結論に達していたのである。

とはいえ、悟一子は、悟浄がしばしば二土とも呼ばれること、悟空・八戒がそれぞれ火・水でもあること、などとの論理的な整合性を見いだすことはできなかった。

著者の解読あらまし

この点について、私が考えたことのあらましはつぎのようである。

孫悟空・猪八戒・沙悟浄が『西遊記』でどう呼ばれているかを一括して表5に示しておく。

このうち、「取経前」の異名については、第1回から第8回(八戒・悟浄は第8回のみ)の本文で由来が明らかにされているので、いまは、「取経中」の欄のそれぞれ下列にしるした異名の根拠について概説しよう。そのための参考として図17を見られたい。

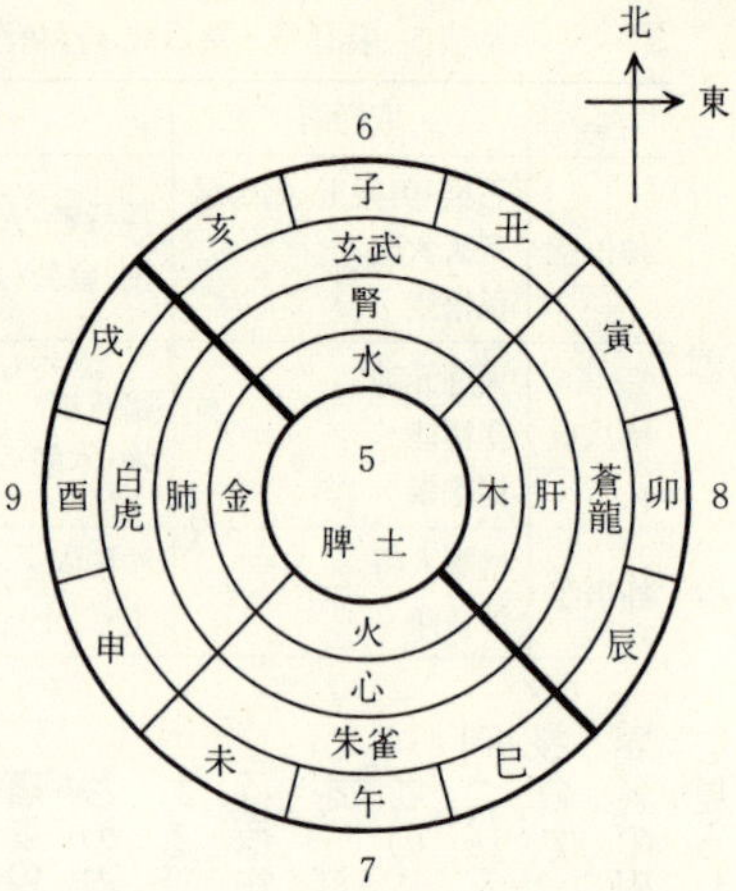

図17　十二支・四神・五臓・五行の対応

猴すなわちサルは、十二支でいえば申で西に位置する。西に配当された五行は金である。ゆえに、悟空は金である。悟空の肉体的特徴の一つは「火《か》眼金睛《がんきんせい》」である。そこで、かれは五行の火にも配当される。火に対応する五臓は心臓、したがってかれは「心火」とも呼ばれるのである。ただし、金に対応する五臓の肺をとって「肺金」と呼ばれることはない。「心猿意馬（心は猿のようにさわぎ、意は馬のように馳せ、煩悩や妄念で落ち着かぬこと）」という成語から採った「心猿」の語が、五臓の心との関連でうまく定着し、悟空の異名として、「心火」「心猿」「心君」「心神」などが生まれた。

猪はブタ、ないしイノシシ。十二支では亥で北に位置する。北に配当された五行は水である。同時に、五行相生の原理からいえば、「水生木（水は木を生ず）」であり、五行における「三合」の理からいえば「木は亥に生ず」であるから、八戒は水と木に配当される。ただし、金と火に配当されている悟空も、「金」「金公」と呼ばれていることのほうが圧倒的に多いので、それとの関係で、八戒も、水よりは、金の反対側の木の性質が強調される。木に対応する四神の龍と結びつけて「木龍」、五臓の肝臓と結びつけて「肝木」など。「木母」とは「木の母」であるから、「水生木」により水を指す。

悟浄が土に配当されたのは、悟空が金・火に、八戒が木・水にそれぞれ配当されたあとの余りを受けたものである。とくに、西の金(悟空)と東の木(八戒)がなにごとにつけても対立しがちなので、その中央部にあって仲裁者の役割を果たす。しかし、悟空が金・火、八戒が木・水と、それぞれ五行のうちのふたつずつをもっているのに、悟浄だけ土ひとつでは弱い。そこで、二倍して「二土」になることがある。道教の煉丹術書、たとえば陳致《ちんち》虚《きょ》の『金丹大要妙用』にも、「二土」の理論的根拠が説かれているが、それを援用したものであろう。「二土」とは土ふたつであるから「圭」の字にもなる。この「圭」の字をふくむ煉丹術の用語に「刀圭」があり、これは、もとは薬を量る小さなスプーンの意であったが、これも悟浄の異名となった。また、「黄婆」も、道教煉丹術書に頻出する術語で、もとは、鉛と汞《こう》(水銀)による煉丹をうながす薬品の異名であったが、鉛汞を男女の隠喩にし、その性的結合を暗示する文脈においては、媒婆すなわち仲人婆《ばば》ぁの意となる。悟浄が、なにかというと対立しがちな悟空と八戒の喧嘩の仲裁役であったところからこの異名がついた。

なお、悟空と八戒の力関係を五行相剋の原理でいえば、「金剋木(金は木に剋つ)」、「木剋土

（木は土に剋つ）」であるから、悟空がもっとも強く、つぎが八戒、もっとも弱いのが悟浄ということになる。しかしこの原理は「土剋水」「水剋火」「火剋金」のように循環するので絶対化できない。絶対的な指標となり得るのは数字であり、古代の伝説的な数字配列である「河図《かと》」における数字と方位との関係で説明できる。

「河図」においては、図17に見るように、5から9までの数字が配当されているが、金である悟空は9、木である八戒は8である。また、火は7、水は6である。ここでも悟空の優位性が裏づけられるが、土である悟浄が「二土」となった場合は5×2＝10となって、悟空の9よりも強い。

以上のほかにも、悟空を鉛（西の白虎に位置する）、八戒を汞（東の蒼龍に位置する）にたとえる煉丹術的な異名も『西遊記』の挿入詩に見えるほか、八卦の坎《かん》と離《り》の対立も応用されるが、「坎虎」「離龍」などのように、四神との組みあわせで登場し、実際は一種のことば遊びのようになっている（中野一九八六a、363〜366）。

悟空・八戒・悟浄というこの三者に限っての五行的な解釈は、以上で十分だと思う。とはいえ、置き去りにされた三蔵と龍馬はどうするのか。三蔵と龍馬については別途に解釈しておいたこともあるが（中野一九八四b、159〜162）、しかし、三蔵と龍馬をも加えた一行五人については、悟空ら三人にたいする以上の解釈とはべつの論理システムが隠されているのではないかと思いつつ、放置しておいた。

張静二の解読

拙著(中野一九八四)と同年に刊行された張静二『西遊記人物研究』(張一九八四)は、三蔵を水に、孫悟空を火と金に、猪八戒を木に、沙悟浄を土に配当し、龍馬についてはくわしく論じながらいずれにも該当せずとした。

三蔵が水であることの根拠として、張静二が挙げるのは三蔵の数多い水難である。なるほど、生まれ落ちるなり江水に流され(世徳堂本第11回、『西遊真詮』第9回)、黒水河では川底に沈められ(第43回)、通天河でも川底に沈められ(第48～49回)、子母河の水を飲んで妊娠し(第53回)、凌《りょう》雲渡《うんのわたし》にて川に落ちてから脱胎し(第98回)、帰途も雲から通天河に落っこちる(第99回)といったぐあいである。しかし、それならば火の難に遭ったこともすくなからず、妖怪にさらわれその洞に連れ去られたこと(土の難といえよう)も限りない。恣意的にエピソードを拾っても論理的な整合性は得られないのである。

そもそも、『西遊記』における論理とは、以上に見てきたように、極度に観念的な記号操作によってみちびかれてきたものである。それは一見して空虚な「お遊び」であるから、文学的ないし人間的な解釈をいっさい容れぬ論理の網を張りめぐらし、その網の張りかたの成否にのみ、すべてを賭けているといってよいだろう。

2 変換する五人

記号変換のキーとしての虎

孫悟空ら三人弟子と五行との関係について、さきに挙げた私の解釈は、この三者の関係に限定すれば正しいと信じる。とはいえ、置き去りにされた三蔵と龍馬とを加えて、この一行五人に共通する記号論的な整合性を見いだすにはいたらなかった。もちろん、この五人のそれぞれが五行のいずれに該当するのかという、従来の方法を踏襲していては、またも壁にぶつかるであろう。

ここであらためて想起すべきことは、この五人いずれもが、さまざまな事件を契機として変身することである。変身といえば、たとえば悟空は、周知のごとく変化《へんげ》の術の専門家であり、ありとあらゆるものに変身する。しかし、三蔵はそんな術をもっていない。にもかかわらず、かれも黄袍怪《こうほうかい》の妖術によって虎に変身させられたことがあった(第30回)。虎が、三蔵たち一行五人の変身あるいは記号変換において、重要なキーとなっているらしいことは、私もつとに指摘していた（中野一九九三、73〜92）。とはいえ、そのことをまだ論理的に説明するところまでにはいたっていなかった。

その難問に挑んだのは、さきに紹介した西孝二郎氏である。

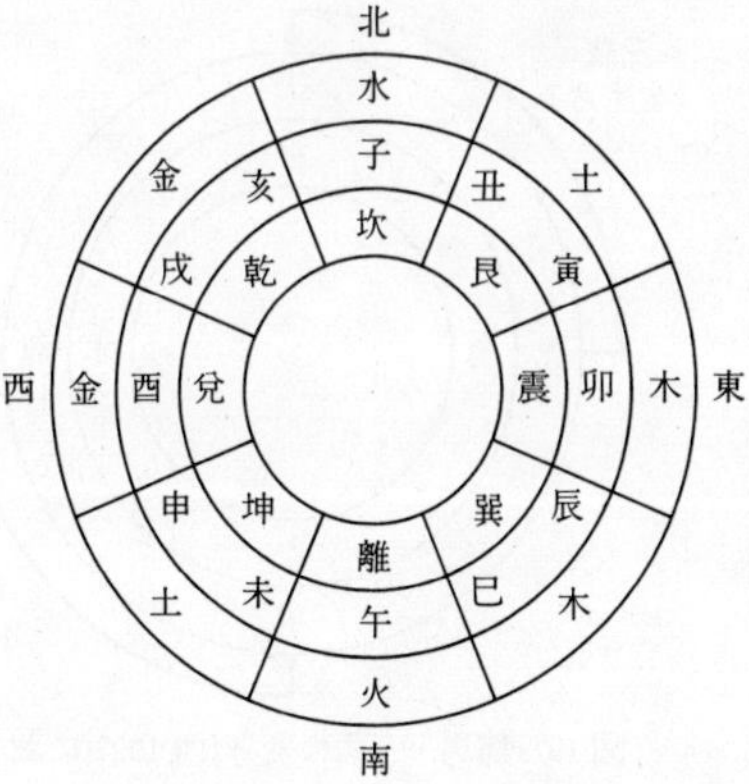

図18　五行・十二支・八卦の対応

「土生金」の悟空

西氏はまず、孫悟空は土であったというところから出発する。ふつう十二支と五行の方角配当は、まず四方に分けてから、中央に位置する土のために辰・未・戌・丑を提供するのであるが、八卦をも加え八方位にふり分けると、図18のようになる。

さて、西氏は、サルすなわち申である悟空は、図18に明らかなように土であったが、〈三蔵の弟子になった直後、虎を退治し、その皮を剝いで腰巻きとして自分の身に着けた。この虎を四神西方の虎と考えると、それは金のシンボルになるものであるから、これが、悟空を金と呼ぶことの根拠になっているの

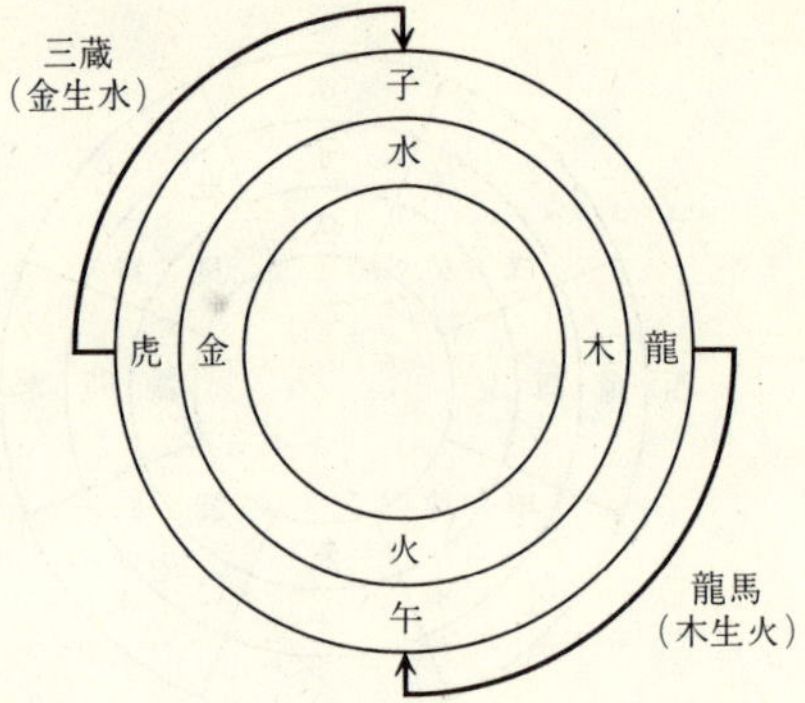

図19　龍馬・三蔵の変身（西 1997 による）

ではないか〉と述べ、虎の皮の腰巻きを身に着けることの意味をサルから虎への変身ととらえたうえで、土（申）から金（虎）への移行は、五行相生説における「土生金」の法則に合致する、と述べた（西一九九七、24～25。以下「西一九九七」を省略）。

龍馬と三蔵

つぎに、変身がもっともはっきりしている龍馬について、〈この龍と馬は、四神東の龍（木）と十二支南の午（火）であると考えることが出来るので、龍から馬へという変身の内に、「木生火」という五行相生の法則に合致した移行を見出すことが出来るのである〉(25)という。

三蔵については、第30回において虎に変身させられ、ふたたび人間にもどる過程を、西方に位置する四神の虎から北方の十二支の子へ、五行でいえば「金生水」という五行相生でとらえ、〈移行前が四神の動物、移行後が十二支であるというのは、龍馬の場合と全く同様であり、また、その位置する方位においては完全な対称を成していることになる（図19）。さらに、この龍は、三蔵がもともと乗っていた馬を呑み込み、その後、自分が馬に変化したのであるが、これは、馬が龍へ一度逆行し、改めて馬に戻ったと言えることなので、ここに、三蔵が辿った逆行と復活という経緯と同様のものを見出せるわけである〉(26～27)。

なお、三蔵が虎からもどった十二支の子とは、ネズミではなく、「人」「男子」の意である(西氏は子を「男子」に限定しているが「人(ヒト・ニンゲン)」の意もある)。十二支と十二生肖(動物)はほんらい関係のないものであったが、後漢の王充《おうじゅう》(二七～九一)の『論衡《ろんこう》』ではすでに結びつけられていた。

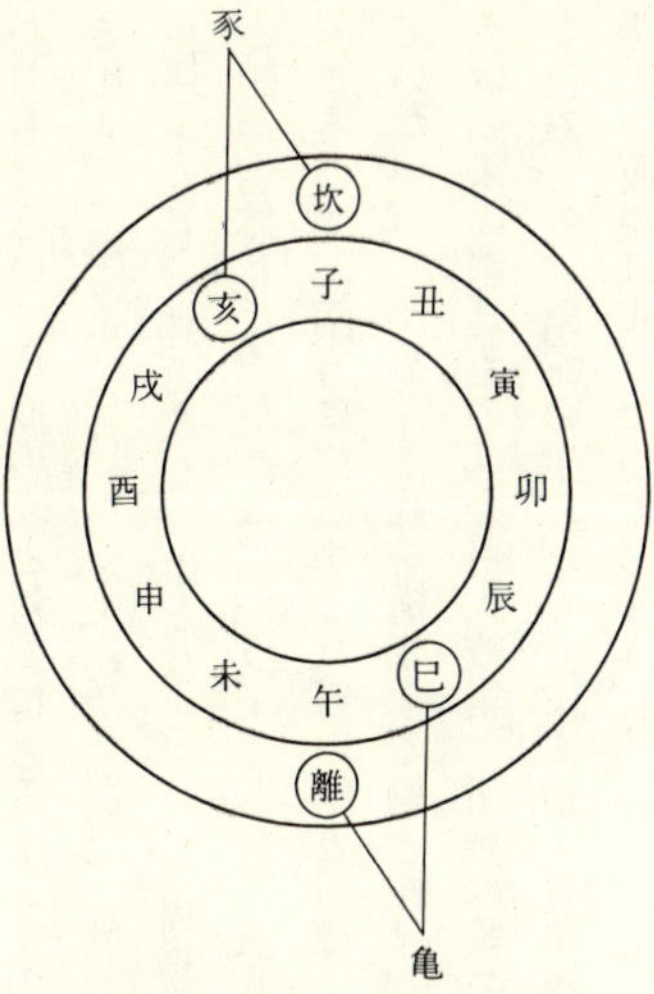

図20　猪八戒・沙悟浄の正体
(西1997による)

八戒と悟浄

猪八戒については、十二支では当然のことながら亥《がい》(イノシシ。猪はブタなのでイノシシと同属)であり、八卦では「坎《かん》を水となし、……豕《し》(いのこ)となす」(『周易説卦伝』)とあるので、亥と坎のペアができる(図20)、と西氏はいう(28)。

沙悟浄についての西氏の仮説はなかな

かおもしろい。八戒の亥と対極にある十二支の巳《し》から蛇を想定し、そこから八卦の離《り》をみちびき出す。「離を火となし、……乾《かわ》くの卦となし、鼈《べつ》(スッポン)となし、蟹となし、蠃《ら》(カタツムリの属)となし、蚌《ぼう》となし、亀となし……」(『周易説卦伝』)に着目し、悟浄を亀であろうとする。亀と蛇が合体したすがたは、いうまでもなく玄武だからである。玄武は四神のひとつで北方に位置するので、南方に位置する八卦の離と矛盾するかに見えよう。この点について西氏は言及していない。しかし、玄武を構成する亀と蛇は、煉丹術書ではしばしば分離して描かれる。たとえば南宋の蕭廷芝《しょうていし》の『金丹大成集』所載の絵では、亀は北、蛇が南に位置して気を吐き、龍虎を包みこみ、亀蛇の生みだした宇宙が入れ子構造をなしていることを示している(図21)ので、西氏の仮説は成りたつであろう。

もともと水怪であるはずの悟浄が五行では火となっているのは、悟浄の出身地である流沙河が砂漠であったこと、離が「乾くの卦」であることなどと矛盾なく結びつく、と西氏はいう。

五人の変換の位相

あらまし以上のことから、西氏は一行五人の関係をつぎのようにまとめた(図22)。

図 21　亀蛇(蕭廷芝『金丹大成集』より)

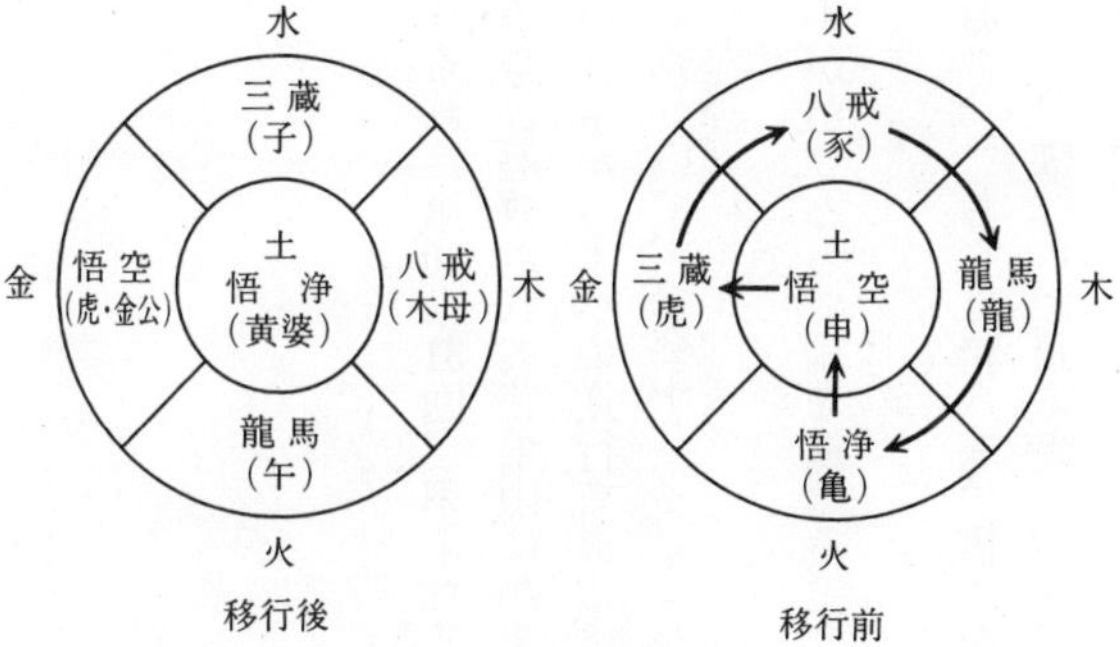

図 22　三蔵たち五人の関係(西 1997 による)

三　蔵――金↓水　＝　虎(四神)↓子(十二支)
龍　馬――木↓火　＝　龍(四神)↓午(十二支)
孫悟空――土↓金　＝　申(十二支)↓虎(四神)・金公
猪八戒――水↓木　＝　豕(坎)↓木母
沙悟浄――火↓土　＝　亀(離)↓黄婆

西氏のこの理論がすぐれているのは、三蔵が虎に変身させられた第30～31回、弟子たちがどうなったかをも、説明しえていることである。時あたかも悟空は追放されて花果山にかえり、サルの大将にもどった。すなわち、虎からサルへの、あるいは金から土への逆行である。龍馬も、悟空不在中の大事とて、龍のすがたにもどって妖怪と戦うので、〈火(十二支の午)から木(四神東方の龍)への逆行〉となる(31～32)。

八戒と悟浄については、西氏は第30回のつぎのくだりを手がかりとして論を進める。

三蔵が災難にあい、小龍が戦いに敗れたことはさておき、こちらは猪八戒。悟浄を見捨ててからは、まるで飼い豚が泥沼を口でつつくようにして、草むらに頭を突っ込み、そのまま眠り込んで、夜中にやっと目を醒ましました。醒めたが、どこにいるのやらわからず、目をこすり、気を落ち着け、耳をそばだてましたが、ああ、なんということか、深山では犬の吠え声もせず、広野では鶏の鳴き声もしません。星の位置が変わって、だいたい三更(夜の十二時)ころです。(岩波文庫(三)297)

これについて西氏は、〈八戒はそもそも豚(家＝坎＝水)であったのが、一行に加わることによって、「木龍」や「木母」などと呼ばれるようになり、つまり、水から木に移行したわけである。それが、この場面では、八戒の姿は「まるで飼い豚」と述べられており、それによって、八戒がもともとの姿である単なる豚へ逆行していることが示唆されている〉と述べ、さらに〈そして、彼が目を醒ましたのが「星の位置が変わって、だいたい三更ころ」というのも、「三更」が夜の十二時、すなわち、北(水)であることを考えれば、これも、八戒が木から水へ逆行したことをほのめかすための表現〉(33)としている。

悟浄について西氏は、〈悟浄はこの場面において、閉じ込められて縄で縛られた状態にいるのであるが、彼もまた他の四者と同じように逆行したとするならば、彼は、亀(火)から黄婆(土)に移行してきたのであるから、ここでは再び亀に戻っていなければならないはずである。ここで、またもや玄武の姿がヒントになる。悟浄が縄に縛られている姿からは、玄武における蛇に巻きつかれた亀の姿を想起させられる。よって、悟浄が縄で縛られた様子こそ、彼が亀に逆行したことを表現したものであると考えられるのである〉(33)と述べる。

つまり西氏によれば、三蔵が虎に変身させられたがために、悟空以下全員が連鎖的に退行し(図22右)、悟空の復帰によってふたたび「復活」した(図22左)というのである。さらに西氏はいう。

また、全員のこのような退行と復活は、おそらく三蔵のために必要だったのだと思われる。一行五者のうち彼一人、移行前における姿が表現されていなかったからである。しかしながら、三蔵の前身が虎であることは、物語中かなり早い段階で示唆されてはいる。(略)

金蟬《こんぜん》が殻を脱する(金蟬脱殻)という言葉は第20回にも出てくる。虎の化け物が悟空に追われて逃げるとき、「金蟬脱殻」という計を使ったのである。その化け物は胸に爪を突っ込んで、自らの虎の皮を剝ぎ取り、その皮を岩に着せ掛けて、本体は一陣の狂風と化して逃げていくということになっている。このように、虎の姿から抜け出ていく技が「金蟬脱殻」と名付けられているのである。これは取りもなおさず、金蟬、つまり三蔵の脱殻というのは虎の姿から抜け出ることであるということを表わしている。(34)

新しい衣装の色

西氏はさらに、孫悟空たちが三蔵の弟子となり取経の旅に加わったときに、それぞれが服装を変え、新しい衣装を身に着けたことを指摘する。すなわち、悟空は三蔵の着ていた「白木綿の短い直裰《じきとつ》」をもらった(第14回)。猪八戒は、それまで入り婿していた高家のあるじから「青錦の袈裟」を餞別がわりにもらった(第19回)。沙悟浄は出発にあたって「黄色の錦の直裰」を着こんだ(第22回)。白が西方の金、青が東方の木、黄が中央の土に対応すること、いうまでもない。なお龍馬の場合は、出発にあたってもらった鞍と手綱の色についての言及がないが、ほかの三人がきまっているので〈馬の鞍の色は赤でなければならないはず〉と西氏はいう(35〜36)。しかし、手綱の色について詩のなかで「紫糸縄(紫の糸《きぬ》の縄《ひも》)」と表現されている(第15回)ので、東方の青龍から十二支南方の赤の午《うま》への変化がすでに示唆されているといえよう。

なお、第14回、悟空が三蔵の弟子になった直後、虎の皮を剝いで腰巻きにしたことは、悟空の土から金への移行であった。第14回は、『易経』の「大有」と「坤」に該当する(表4参照)。そして、「坤」の卦に「黄裳《こうしょう》、吉なり」すなわち「黄いろい裳(スカート・袴のたぐい)を身に着けるのは吉」というのが、悟空が虎皮の腰巻きを着け、虎になった根拠だと、これまた西氏のみごとな指摘がある(79、205〜208)。

西氏はさらに、五行の「三合」の理をも適用して考察を進めるが、いまは省略する。以上に紹介しただけでも、五人の五行的な相互関係が飛躍的に解明されたと信じるからである。

3　三蔵の変換ものがたり

金蟬子への逆行

三蔵が第30回において虎に変身させられたのは、『西遊記』全篇の物語からすれば、きわめて異常なできごとである。これは、すでに述べたように、第81回において三蔵の八十一難の第一難が語られたことと、故事の配置という点でシンメトリーをなしている(図6の⑦)。たんに異常なできごとというだけでなく、第30回における水から金への退行と同じように、第81回でもやはり、水から金への退行が語られているのだ。なぜなら、いかに釈迦の高弟とはいえ、三蔵は前世のすがたである金蟬子までひきもどされているからで、ここにも、水から金への退行が隠されていると見るべきであろう。金蟬子という前世の名には、「かつて金であった三蔵」という意味も隠されているであろう。

とはいえ、これにつづく地湧《ちよう》夫人の色じかけ攻勢における三蔵は、再三の「スペルマティック・クライシス」に見舞われつつも、元陽すなわち元精をまもった男の地位を保持しているのだから、五行でいえば水、十二支でいえば子の位置をも占めている。

地湧夫人の土を頒かちあう悟空

いっぽう、地湧夫人との戦いにおいて、孫悟空たちも退行を余儀なくされた。三蔵が女怪にさらわれたと知った悟空たち、いったん来た道をたどって黒松林にもどる。この「もどる」という行為により、かれらの五行もそれぞれに逆行したはずである。

しかし、悟空は逆行して土にもどった半面、金の性質も保っていた。羽虫に化けて女怪の腹のなかにもぐりこもうとして失敗した悟空は、桃に化けてもぐりこむのに成功した。『周易説卦伝』によれば、「乾《けん》を……木果となす」とあり、八卦の乾は五行の金に対応するのである。

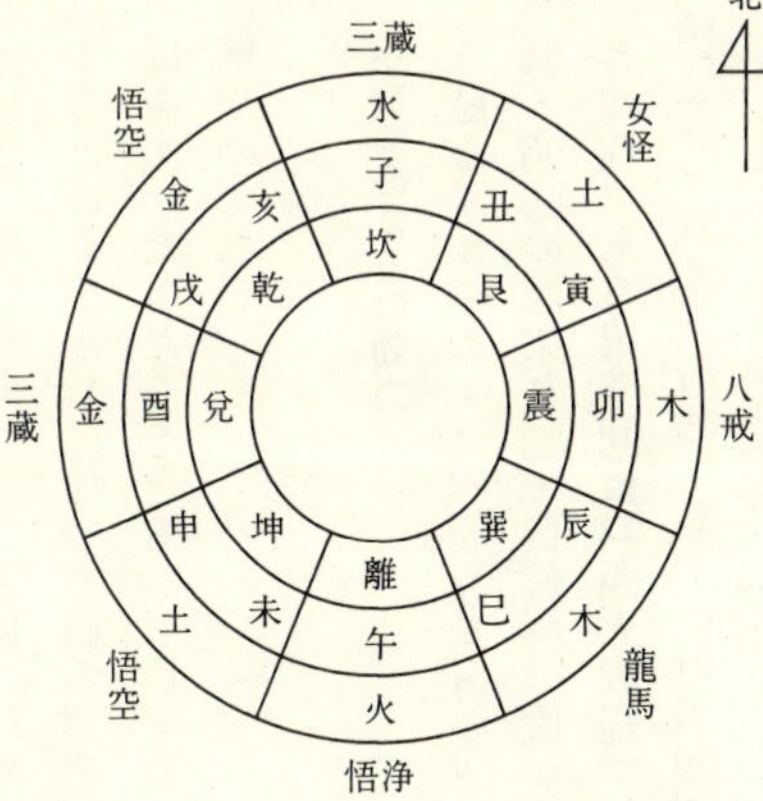

図23　女怪(地湧夫人)と三蔵たちとの関係

ところで、この地湧夫人とは、第83回で判明するように、もとはといえば金鼻白毛のネズミの精である。陥空山無底洞というすみかからして、女怪の五行が土であることを予想させるが、果たして、「艮を……鼠となし」(『周易説卦伝』)と見え、八卦の艮は五行の土に対応する。

この関係を図23で見ると、水を保持しつつ金に退行した三蔵が悟空の金を犯し、ために悟空は半ば土に退行し、女怪と土を頒かちあいつつ拮《きっ》抗《こう》するというかたちになっている。そのあおりを食らって、悟浄も龍馬も退行し、八戒も木の半ばを失ったかたちをとるが、いずれにしても、この地湧夫人の段における八戒と悟浄の出番は稀なのである。

ふたつのまるの効力

三蔵みずからの「スペルマティック・クライシス」は、すでに述べたように（一一三頁以下）、第54・55回の西梁女国・琵琶洞の段から以後、ほぼ等間隔に発生する（図6の⑬）。天地数である第55回に「西天取経」故事の中心軸が仕掛けられている以上は、天地数の大数（概数）とされる大衍《たいえん》数「五十」の第50回にも、三蔵の運命を変換させるなにかが仕掛けられていると見なければならぬ。

第50回、腹ぺこの三蔵のために托鉢に出かけるにあたって、孫悟空は三蔵に「安身法」なるものをほどこした。金箍《きんこ》棒《ぼう》で平らな地面にぐるりとまるを描き、そのまん中に三蔵を坐らせ、猪八戒と沙悟浄をその左右に立たせ、馬と荷物をその近くに寄せた。悟空によれば――

わたしが描いたこのまるは、鉄や銅の城壁よりもっと頑丈なのです。いかな虎豹や狼蛇や、妖魔や化けものだって近づくことはできません。ただしですよ、このまるから外に出てはいけませんよ。なかにじっと坐っていることです。そしたら、安全に守ってくれますが、一歩でも出たら最後、かならず妖魔の毒手にやられます。いいですか、くれぐれも守ってくださいよ。（岩波文庫(五)341）

ところが、待ちくたびれた三蔵は八戒にそそのかされ、悟浄や馬ともどもまるから出てしまい勝手にさきへ進んだばかりに、例のごとく妖怪につかまってしまった。妖怪はピカピカに光る白い輪をほうり投げ、悟空の金箍棒も、あとで援軍に来た諸神の武器も、すべて輪でからめ取ってうばってしまう。最後には太上老君の青牛とわかり、老君が収服してめでたく結着という次第。

ここで主題となっているのは、悟空が地面に描いたまるは効果がなく、妖怪すなわち独角兕《どくかくじ》大王の「ピカピカ光る白い輪」はすごい威力をもっていることだ。『周易説卦伝』には「乾《けん》を……圜《えん》(円)となし」と見え、また「坤を……子母牛となし」とも見える。

金である悟空は、もともとは「乾」と「兌」の二卦を占める。だから、強力なまるをもっていたはずが、あほな八戒のおかげであっさり効力を失った。いっぽう、悟空の金箍棒やら諸神の得物やらいっさいをからめ取る妖怪の「ピカピカ光る白い輪」こそは、「乾」に属し、した

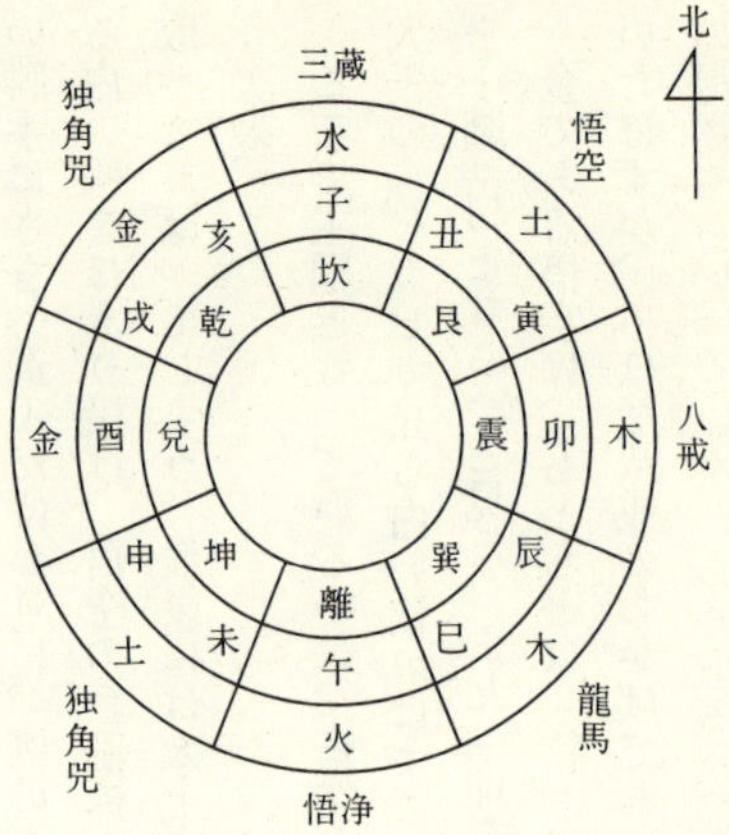

図24　独角兕大王と三蔵たちとの関係

がって五行では西方の金に配当されるべきである。西方の色が白というのも、ぴったりする。

　そこで悟空は金から土に退行せざるをえないが、牛である独角兕大王は「坤」と対応する土の半分を占めているので、悟空は「艮」と対応する土を占める。かくして、悟浄も土から火へ、龍馬も火から木へと退行し、八戒も木の半ばを失うという図式となる（図24）。

　さきの図23とくらべてみるとすぐわかることだが、苦戦している悟空は半ば土に退行しながらも金の要素は半ば保持しており、実戦では役たたずの八戒・悟浄・龍馬は、木と火を頒かちあいながら同位置にいる。悟空と妖怪の力関係が、このふたつの図で対照的にあらわれているのもおもしろい。

　ほかのすべての妖怪との戦いについて、このような図にもとづく比較をすれば、よりはっきりとした全体像が浮かびあがることだろうが、いまはさて措《お》くこととして——

子母牛から子母河へ

独角兕大王との戦いにおける三蔵はといえば、いつものように、あほんだらの八戒にそそのかされて悟空のまるを出たばかりに妖怪につかまってしまうという、情ないだけのありさまなのだが、「坤を……子母牛となし」とあるのが注目される。「子母牛」とは孕み牛のこと。

第50～52回の独角兕大王の段をすぎれば、第53回は子母河の段となり、三蔵は八戒ともどもその水を飲んで妊娠するという珍事にぶつかる。これは、すでに述べたように、第54・55回からはじまる女難の連鎖のさきがけであった。いっぽう、子母河という川は、第43回の黒水河、第47～49回の通天河につづく川の連鎖の打ちどめとなる。この「子母河」という名の由来は、明らかに、「坤を地となし、母となし、……子母牛となし、……」という『周易説卦伝』のこの一条にあるであろう。独角兕大王はたけだけしい雄の妖怪ではあるが、記号的には雌牛として、以下の三蔵の女難ものがたりをみちびいているのである。

「大衍の数五十、其の用四十有九」

さらに、独角兕大王が出現する第50回の「五十」とは、さきに述べたように「大衍数」すなわち天地数「五十五」の概数であった。

じっさいの易《えき》占いにおいては、この大衍数にあたる五十本のめどきすなわち筮竹《ぜいちく》をつかう。

そのなかから一本を抜いて「太極」とし、のこり四十九本を用いる。「大衍の数五十、其の用四十有九」(『周易繋辞上伝』)とあるように、じっさいに用いる四十九本の筮竹がさまざまな変化の果てに爻《こう》の陰陽を決定するのだが、この四十九という数も、『西遊記』では三蔵たち一行の道のり半ば通天河の段の第49回に通じるとともに、例の7の仕掛けのなかでもっとも重要な数なのであった。

道のり半ばからはじまる三蔵の女難の連鎖は、やがて西天にていただくお経がまことの「有《う》字《じ》経」か「無字経」かに向けて収斂していくが、それは三蔵の凡胎が聖胎へと脱胎するための「有子精」か「無子精」かに等しかったのである。

『西遊記』とは、かくして、三蔵のからだのものがたりでもあった。

4　三蔵と虎のものがたり

《虎を伴う行脚僧図》

以上の考察は、ほとんどすべて世徳堂本だけを材料として、その内容の解読に終始してきた。個々の話柄について、先行テキストにおけるそれと比較し、『西遊記』形成の歴史を跡づけることは意図的に排除した。世徳堂本の、あきれるほどの数字への執着、四神・五行・十二支・

八卦(六十四卦)などといった伝統的かつ宇宙論的記号へのこだわり、およびそうした数字や記号をめぐる抽象的な「机上の空論」は、先行テキストに見える諸エピソード群をたんなる部品《パーツ》へと変えてしまったからである。

とはいえ、『西遊記』形成史においてもっとも謎とされる、あるいは空白とされる時期の図像資料については、本書も避けて通ることは許されないであろう。

それは、《虎を伴う行脚僧図》と呼ばれている一連の敦煌《とんこう》絵画および敦煌壁画である。敦煌絵画というのは、二十世紀はじめに敦煌莫高窟《ばくこうくつ》のいわゆる蔵経洞《ぞうきょうどう》から出土した絹本《けんぽん》・紙本《しほん》の絵画のことで、その現所蔵者や構図の特徴などは、つぎの表6の(1)〜(12)に明示したごとくである(中野一九九九、314)。

この行脚僧はだれか

いずれも、雲上の宝勝如来《ほうしょうにょらい》に守護され、経巻を負い、虎を伴って(表6(11)の大谷紙本Bだけは虎がいない)あゆむ行脚僧を描いている(図25・26)。

この僧がだれであるかについては、かねてから議論の分かれるところであり、たとえばチベットのダルマターラ(達摩多羅)説(松本一九三七、ドミエヴィル一九八八など)・宝勝如来説(諸戸一九七九・一九八三・一九八四)のほかに、ただ印象的に玄奘とする説もすくなくなかったし、だれ

(中野 1999, 314——一部改訂)

				宝勝如来				備考
払子	杖	経巻	その他の特徴	位置(僧の…)	雲(僧の…)	銘記	銘記の枠	
○	短	○		顔前	背後より	×	○○	枠のみ2個あり
(欠)	(欠)	○ 腰にも	前に合掌する者あり	(欠)	(欠)	(欠)	(欠)	断片
○	長	○	頭光あり	(欠)	笈より真上に	宝勝如来一軀意為亡弟知球三七斎画造慶讃供養	○	笈に瓢簞8個など装飾性あり
○ (背後)	〃	○	手に数珠	前方,斜め上	額より	×	○○	(1)に同じ
○	短	○		〃	背後より	×	○	
○	〃	○ 腰にも		〃	〃	南無宝勝如来仏	×	
○	長	×		〃	手より真上に	×	○	白描なので下絵の段階
不明	不明	不明		〃(?)	背後より	不明	不明	写真未発表(?)
〃	〃	〃	前に跪拝する者あり	〃(?)	〃	南無宝勝如来仏	○	〃
○	短	○		前方,斜め上	〃	(欠)如来仏	○	
○	〃	○ 腰にも		〃	〃	宝勝如来仏	○	
○	〃	○		〃	〃	〃	○	

表6 《虎を伴う行脚僧図》一覧

略号	通称	現所蔵	所蔵番号	寸法(cm)	虎	行脚僧 位置	向き	笠	胡貌梵相
(1)	スタイン紙本A	大英博物館	ch.00380	41.0×29.8	○	雲上？	←	○	○
(2)	スタイン紙本B	〃	ch.0037a	30.0×？	○	雲上	←	○	○
(3)	ペリオ絹本A	ギメ国立東洋美術館	E.O.1141	79.8×54.0	○	地上	←	×	×(漢相？)
(4)	ペリオ絹本B	〃	E.O.1138	79.5×53.0	○	〃	←	×	×(漢相？)
(5)	ペリオ紙本A	〃	M.G.17683	49.6×29.4	○	雲上	←	○	○
(6)	ペリオ紙本B	パリ国立図書館	P.4518	不明	○	〃	←	○	○
(7)	ペリオ紙本C白描	〃	P.3075	97.4×26.2	○	不明	→	○	○
(8)	ペリオ紙本	〃	P.4029	不明	○	雲上	不明	不明	不明
(9)	ペリオ紙本	〃	P.4074	不明	○	〃	〃	〃	〃
(10)	大谷紙本A	韓国中央博物館	4018	49.8×28.6	○	〃	←	○	○
(11)	大谷紙本B	天理大学付属図書館	722-イ 13	42.1×27.8	×	〃	→	○	○
(12)	オルデンブルク紙本	エルミタージュ美術館	不明	51.8×29.8	○	〃	←	○	○

図25　ペリオ絹本A　ギメ国立東洋美術館蔵

と特定しえぬ一行脚僧とする説（秋山一九六五・一九九五）も多かった。しかし、チベット文献の精査により玄奘とする説（山口一九八四）、あるいは中国文献とくに「唐三蔵西天取経」伝説からの新しい投射により玄奘とする説（磯部一九九三、85～94）が出て、玄奘説がほぼ決定的になったといえよう。

「伏虎」の第十八羅漢

この絵画群の最大の特色は、行脚僧が虎を伴っているというその一点にかかっており、山口瑞鳳・磯部彰の両氏の説は、その点を矛盾なく説明し得たのである。山口氏の所説を要約するのはなかなかむずかしいが、中国仏教に直接かかわるところだけつまみ食いするならば、インドにおける十六羅漢が中国において十八羅漢になったとき、それはおよそ中唐すなわち八世紀後半から九世紀前半であるが、増えたぶんの第十七・十八羅漢にだれをあてたか、という問題がある。今日に伝わるところでは、第十七羅漢は慶友《けいゆう》すなわちインド人ナンディミトラ（慶友はその漢名)、第十八羅漢は賓頭盧《びんずる》ということになっているが、賓頭盧は第一羅漢の賓度羅《びんどら》Piṇḍola と同一人物であり、どこかで混線が生じたにちがいない。そこでさて、ほんらい第十八羅漢とされたのは、玄奘その人だったはずである。なぜなら、羅漢信仰についてのナンディミトラすなわち慶友の著書を、『大阿羅漢難提蜜多羅《だいあらかんナンデイミトラ》所説法住記』(以下『法住記』と略記)と漢訳して中国にひろめたのは、ほかならぬ玄奘であり、したがって慶友と玄奘はペアでなければならないからである。そして、第十七羅漢の慶友は龍を、いまに伝わる第十八羅漢の賓頭盧は虎を、それぞれ手なずけているすがたで描かれているところから、ほんらいは第十八羅漢であるべき玄奘が、「降龍」の慶友とならんで「伏虎」のすがたで描かれていたはずである、と(山口一九八四、402〜404)。

図 26　スタイン紙本 B　大英博物館蔵

玄奘と賓頭盧

山口氏のこの所説を承けて、磯部氏は玄奘三蔵と賓頭盧との深い関係を文献的に立証したうえで、つぎのように述べる。

おそらく、唐後半期において、玄奘の西天取経を助ける神仏に賓頭盧がいて、姿を変えて心経を授ける役目を担っていたが、その後、同じ「聖僧」ということで、一歩進めて賓頭盧を玄奘の前世の姿に投影したのであろう。

一方、宝生如来は、金剛界曼荼羅五仏の一尊として描かれる。特に、施餓鬼法においては、「宝勝如来」と称される(『経律異相』)ことは注目すべきである。宝勝如来は、賓頭盧と同じように「飢餓」道に密接な因縁を持つのである。賓頭盧や宝勝如来がそれぞれ「貪食」、「飢餓」と深い因縁を持つことと、宋刊取経詩話が描く貪食の坊主唐三蔵像を一つの空間の内に捉えるならば、そこに「貪食」、或は、「施餓鬼」という法糸で連繫された伝説の世界を垣間みることが出来るのではないだろうか。つまり、前世に賓頭盧尊者であった唐三蔵が、取経の大任を帯びて誕生し、取経後に正果を得て宝勝如来として西天に成仏したという、一つの「物語」を復原することが可能であろう。その「物語」こそが、かの敦煌画中の行脚僧の姿に象徴的に留め置かれたのではないだろうか。繰り返し言うならば、敦煌発見の「宝勝如来図」中の負経行脚僧は虎こそ随従させているものの、実は伝説の袈裟をまとった玄奘三蔵と考えるのが一番妥当ではないかと思われる。(磯部一九九三、92〜93)

ところで、敦煌莫高窟第97窟はきわめて小さい窟であるが、その南・北壁と東壁門口の南・北側に十六羅漢が描かれている。興味ぶかいのは、北壁に描かれた第二羅漢である(図27)。題記左端に「迦湿弥羅国第二尊者迦諾迦」とはっきり読めるが、これはさきに触れた玄奘訳『法住記』そのままで、すなわち、迦湿弥羅《カシミラ》(カシュミール)出身の第二尊者(羅漢)迦諾迦《カナカ》(カナカヴァッサ)ということ。そして、そのすぐ前に虎の下半身が見える。図27の写真(劉一九九〇、244による)では下方が不鮮明なので現地でたしかめたが、やはり下半分の剝落がひどく、これ以上はわからない。それでも、第二羅漢カナカヴァッサが虎をしたがえていることだけは、ごらんのようにはっきりしたのである。

図27　敦煌莫高窟第97窟
北壁第二羅漢(下)図

この混乱の原因は、カナカヴァッサの出身地カシュミールにある。第一羅漢の賓度羅(賓頭盧に同じ)の出身地は西瞿陀尼《クダニ》州なのだが、玄奘が『法住記』を訳出するはるか以前から、かれは罽賓国《けいひん》に住んでいるという誤伝がひろまっていた。罽賓国とはカシュミールのこと。そして、玄奘の伝説化の過程でも、玄奘が罽賓国にて賓頭盧とおぼしい老僧から『多心経』(『般若波羅蜜多心経』の俗称)を授かったなどといわれている(磯部一九九三、89~91)。

つまりは、第十八羅漢は「伏虎」の玄奘であったはずが、いつのまにか「伏虎」の賓頭盧にとって代わられ、さらにカシュミールという土地を媒介として「伏虎」の第二羅漢カナカヴァッサが描かれたという次第である。

第97窟は、もとは唐代窟であったが、壁画は西夏時代(一〇三八~一二二七)のものである。この《虎を伴う第二羅漢図》もまた、一見いかにも縁がなさそうな《虎を伴う行脚僧図》と、玄奘・賓頭盧を介してのつながりがあることに注意しておきたい。

胡貌梵相の行脚僧

さきの蔵経洞出土《虎を伴う行脚僧図》にもどるなら、ここに描かれた行脚僧のかおつきが、等しく「胡貌梵相《こぼうぼんそう》(西域人かインド人のようなかおつき)」であるという理由で、これを玄奘であるとする説を笑殺する向きもあるが、描かれた人物がだれかという問題もさることながら、描いた人物はだれかという問題も、敦煌のように西域人の往来のはげしい地域においては、かえりみられるべきであろう。「胡貌梵相」の玄奘像としては、本書図1の楡林窟《ゆりんくつ》第3窟《普賢変《ふげんへん》図》に見られる玄奘をはじめ、福建省泉州にある開元寺西塔第四層南面に彫られた「唐三蔵」浮彫などをも挙げることができよう（中野一九八六d、59〜72）。

地上をあるく行脚僧

《虎を伴う行脚僧図》十二点のうちの⑶⑷すなわちペリオ絹本A・Bは、この二点だけが大ぶりの絹本であるということのほかに、際だった特徴がある。それは、この二点の行脚僧だけが地上を歩行しているのが歴然としていることだ。ペリオ絹本A（図25）を見ると、僧の足もとにタンポポに似た花がいくつか咲いており、虎のむこう側にはここが断崖の頂きであることを示す線が引かれている。ペリオ絹本Bも同様で、花や鳥、さらには行脚僧が踏破してきた高い山を象徴するであろう小さな山、そして断崖の線などが描かれている。

雲上をあるく行脚僧

ところが、ほかの紙本は、すべて行脚僧が雲上をあるいているのだ。スタイン紙本B（図26）は、破損いちじるしいけれども、それでも足もとに重畳《ちょうじょう》たる雲気文が見える。

このスタイン紙本Bで注目すべきことは、口をあけた虎のすぐ前に、子どもにも見まがうような、合掌する小さな僧形《そうぎょう》がわずかに見られることだ（松本一九三七、517）。ドミエヴィルによれば、ペリオ紙本（表6の(9)）には、〈遊行者の前に跪づいて、手を合わせる一人の僧が見える〉（ドミエヴィル一九八八、363）とのことだが、このスタイン紙本Bと同工異曲の構図であろう。

絹本にしろ紙本にしろ、そもそもがパーソナルなものであったことは、ペリオ絹本Aの右上に書かれたつぎのような題記からもわかる。

宝勝如来一軀　意為亡弟知球三七
齋畫造慶讃供養

つまり、亡弟の知球（おそらく法号であろう）の二十一日忌法要のために、宝勝如来を描いてもらったが、それが完成したのでお祝いの讃をしるし供養とする、というのである。背負った竹製の笈《きゅう》には西天で拝領した経巻がびっしり詰めこまれ、そのてっぺんから祥雲がたちのぼる。画面左上に雲上に座す宝勝如来の尊像があったであろうこと、絹本Bから想像されるが、上部の瑕疵《かし》のため断定できない。この行脚僧は取経をなしとげた功徳により、あたまのまわりに頭《ず》光《こう》を帯びている。すなわち、宝勝如来の守護により、取経をなしとげた玄奘のすがたと見るべきであろう。行脚僧ないし取経僧のシンボルであった玄奘のすがたは、おそらく僧侶であった「知球」にとって、このうえない供養となったであろうし、またさきに引用した磯部氏の文中にもあるように、宝勝如来は「施餓鬼」法要における本尊であるから、これまた「三七斎」にふさわしいのである。

ペリオ絹本A・Bにおける玄奘は、A本における頭光が暗示しているように、神格化へのきざしを見せてはいるが、なお地上をあるいている。いっぽう、現存する紙本十点のほとんどは、玄奘は行脚僧のすがたはそのままで、雲上をあるいている。明らかに、神格化がすすんでいるといえるであろう。地上を行く玄奘は、絹本A・Bとも長い杖をもっているが、雲上では杖は不要となり、自然木のかけらのような短い木片をもっているにすぎない。そして、かれの足もとの雲が上方にたなびくその先端から、またべつの雲塊が湧き出てそこに宝勝如来が座しているという、紙本に共通する異時同図の図柄は、行脚僧たる玄奘が成仏し、ほかならぬ宝勝如来となったことを示しているであろう。

壁画にもある《虎を伴う行脚僧図》

《虎を伴う行脚僧図》は、以上に述べた十二点(表6の(1)～(12))、すなわち敦煌莫高窟蔵経洞(第17窟)から出土し、スタインやペリオをはじめとする外国人探検家たちによってもち去られたもののみが議論の対象となっていたが、じつは莫高窟の壁画にも計六幅が現存している。

そのうちの一幅、すなわち第306窟甬道《ようどう》(通路)東壁のものは、《行脚僧図あるいは達摩多羅像》

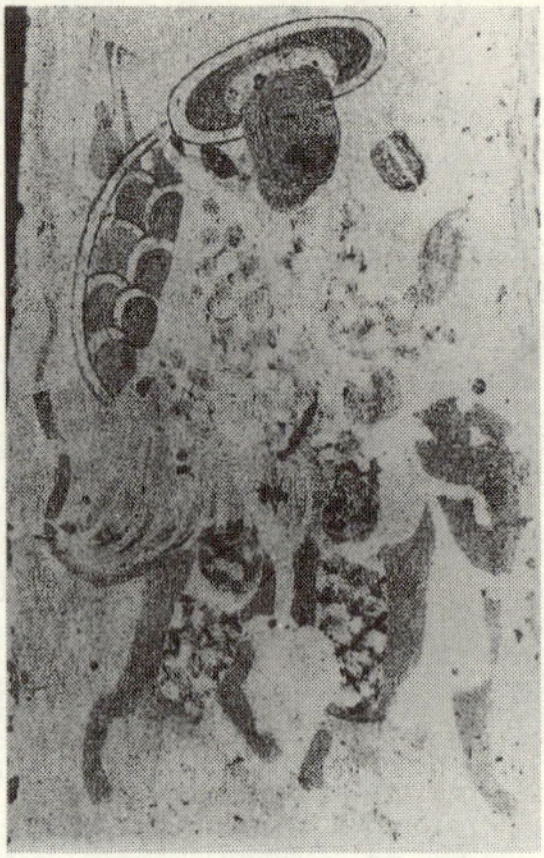

図28　敦煌莫高窟第306窟
甬道東壁の壁画

として劉玉権氏によって写真が発表され、〈先行する敦煌地区の石窟には見られなかったもの〉であるが、〈沙州《さしゅう》回鶻《ウイグル》期の莫高窟の第308および363窟に、合計六幅存している〉(劉一九九〇、243〜244)とのことで、調査に出かけた。

第306・308窟は第307窟前室の南北に穿たれたいわばアネックスで、その甬道の東西壁に《虎を伴う行脚僧図》計四幅が描かれている。いずれも剥落いちじるしいが、行脚僧のひざのあたりの虎らしき動物の頭部だけは、どれもかろうじて認められる。図28に挙げたものがもっとも鮮明で、行脚僧の腰のあたりに緑いろの顔料がはっきりのこっていた。

第363窟に行って、おどろいた。その甬道南・北壁に描かれた《虎を伴う行脚僧図》は、これまた剥落いちじるしいが、顔のすぐ前方には、たなびく雲気文の上に座す宝勝如来が描かれているのである。写真撮影は許されなかったので、ここにそのありのままを掲げることができないのは残念であるが、これと構図がよく似ているものとして、ペリオ紙本C白描と呼ばれているラフな下絵を挙げておこう(図29)。

第363窟南壁の壁画の行脚僧も、このペリオ紙本Cとおなじように右向き(したがって西向き)、行脚僧の左肩のあたりから祥雲が立ちのぼり、頭部の右上に宝勝如来が座している。下半身はほとんど剝落、たださいわいなことに虎の頭部だけのこっている。北壁の壁画は左向き(したがって西向き)で、あとは南壁とすべてシンメトリーの構図となっている。

このモチーフの絵画は、いままで蔵経洞出土の絹本と紙本の十二点だけが知られ、論じられてきた。しかし壁画六幅の存在も確認された。壁画も、宝勝如来まします二幅と、これを欠く四幅に分かれる。これら相互の関係はどうなるのだろうか。

莫高窟の壁画をも含めての《虎を伴う行脚僧図》を、表6をさらに簡略にしたかたちで時代順にまとめてみると、およそ表7のようになるであろう。

図29　ペリオ紙本C白描
パリ国立図書館蔵

絹本・紙本の絵画と壁画とのちがい

絹本にしろ紙本にしろ、折りたたんでもちはこびできる絵画は、それを所持する人間にとって一種の護符のようなものであったろう。つまり、きわめてパーソナルなものなのである。それにたいして、石窟寺院

表7 《虎を伴う行脚僧図》の変遷

	時 代	場所	杖	行脚僧
ペリオ絹本A・B〔表6の(3)(4)〕	9世紀(晩唐)	地上	長	宝勝如来に守護されて歩む玄奘
紙本〔表6の(1)(2)(5)(6),(8)～(12)〕	10世紀(五代～北宋初)	雲上	短(杖というより短い自然木)	宝勝如来として成仏した玄奘
ペリオ紙本C白描〔表6の(7)〕	不明	不明	長	
莫高窟第363窟甬道南北壁壁画	11世紀半ば(沙州回鶻時代)	地上	〃	神格化がすすみ宝勝如来として成仏した行脚僧
莫高窟第306・308窟甬道東西壁壁画	〃	〃	〃	神格化が完成し仏神と化した行脚僧

の壁画となると、描かれた行脚僧はより普遍的な性格を帯び、公的な、あるいはよりひろい信仰の対象となる。それと同時に、この行脚僧がほんらいもっていた個性も埋没してしまうであろう。

第306・308窟を例にとるならば、さきに述べたように、この二窟は第307窟のアネックスである。主窟たる第307窟の壁画は、西壁に《説法図》、南・北壁に《阿弥陀経変《あみだきょうへん》図》があり、小さな第306・308窟も東・西壁に《阿弥陀経変図》がある。西方の弥勒《みろく》浄土すなわち極楽世界へと急ぐ甬道の行脚僧は、たとえ地上をあるいていようとも、神格化され象徴化された存在として、参詣者の尊崇の対象となったことであろう。つまり、この行脚僧は宝勝如来そのものといってもよいであろう。

いっぽう、宝勝如来をも描いた第363窟甬道の壁画はどうであろうか。壁画となっているからには、神格化はすすんでいる。構図としては、多くの紙本とおなじだが、紙本の場合の行脚僧は、雲上にいることそれじたいが、同一画面内の行脚僧と宝勝如来の同一性を証明するサインとなっていると思われる。すなわち、行脚僧たる玄奘が宝勝如来へといわば変身していくその流れが異時同図的に表現されているのである。

壁画では、宝勝如来へと神格化がすすんでいることを示すために、宝勝如来を描き添えたが、やがて神格化がさらにすすんで完成すると、第306・308窟の壁画のように、宝勝如来を描き添えることすら不要となったのではなかろうか。

このように、《虎を伴う行脚僧図》を理解するためには、莫高窟の同一モチーフの壁画をもあわせ考察しなければならないことがわかった。以上はその試みの第一歩である。莫高窟にて敦煌研究院のかくべつのご配慮により、非公開窟である第306・308・363窟を見せていただいたが、写真撮影ができないこともあって、メモとスケッチをたよりに、とりあえずの思索を試論としてつづっておいた。

東千仏洞と楡林窟の《玄奘取経図》

この敦煌滞在中に、莫高窟の東方約一〇〇キロメートルの楡林窟と、そのさらに東へ約三〇キロメートルの東千仏洞を訪れた。楡林窟では第2窟西壁の《水月観音図》および第3窟西壁の

《普賢変図》に含まれる《玄奘取経図》を、東千仏洞では第2窟南・北壁の《水月観音図》に含まれる《玄奘取経図》を調査した。その訪問記はべつに書いたので(中野二〇〇〇)、ここでは触れない。いまはただ、これら四種の《玄奘取経図》が、いずれも西夏時代のおそらく晩期に描かれたであろうこと、いずれも玄奘はサルと馬を伴っていること、だけを確認しておけばよいであろう。

十一世紀半ば沙州回鶻時代、莫高窟の壁画に《虎を伴う行脚僧図》が描かれたことと、十二世紀後半に、楡林窟や東千仏洞など当時の瓜州《かしゅう》(いまの安西県)の石窟寺院の壁画に、サルと馬を伴う《玄奘取経図》が描かれたこととは、じつはまったく関係がない。《虎を伴う行脚僧図》壁画からは玄奘の記憶は根こそぎ消えていたし、またサルと馬を伴う玄奘取経の伝説は、はるか江南から北上し、史実の玄奘ゆかりの地である瓜州に来たって壁画として花ひらいたからである。

サルと馬を伴う玄奘

サルと馬を伴う玄奘取経の伝説がいつごろから発生したのかとなると、正確なことはわからない。そのことを録した現存する最古の史料と思われる『游宦紀聞《ゆうがんきぶん》』所引の張聖者の詩(二二一頁参照)が北宋末から南宋初のものと推定されるところから(太田一九八四、56。磯部一九九三、221〜225)、十二世紀前半にはその種の伝説が生まれていたであろう。そして数十年のちには、はるか西北の東千仏洞や楡林窟の壁画に描かれたのである。さらに十三世紀前半には、南海にのぞむ福建省泉州の開元寺西塔（一二三七建立）第四層に「唐三蔵」・猴行者・「東海火龍太子」（「」は銘文のまま。猴行者は銘文がないので暫定的にこう呼んでおく）の取経トリオの浮彫が刻された。その詳細についてはすでに述べたので、いまは省略する（中野一九八〇b、185〜189。同一九九二、137〜166、303〜327）。また、十三世紀後半の南宋末になると、素朴ながらまとまった物語としての『大唐三蔵取経詩話』が刊行されるが、これについても詳説されているので、いまは省略する（太田一九八四、19〜51。磯部一九九三、117〜144）。目下のところは、サルと馬を伴っての玄奘取経伝説の初期の文献的・図像的な証拠の存在を確認しておきさえすればよいのである。

それにしても、玄奘つまり唐三蔵はなぜサルと馬を従者にえらんだのか。もちろん、文献的にある程度の追跡はできよう。しかし、文献的な実証を超えて、民俗学的な論理のすじみちはないだろうか。そのすじみちをたどれば、三蔵と虎のものがたりに、ある程度の始末をつけられるのではないだろうか。そのことを、次節で「むすび」として考えよう。

5　三蔵の従者たちの変換ものがたり――むすび

馬と龍

虚構のなかに生きつづける三蔵は、おそくとも十二世紀前半には、旅の従者としてサルと馬をえらんでいた。その理論的根拠のひとつは、遠く古代にさかのぼる。そこからの流れを、つぎの図30によってたどってみよう。

馬と水怪（水神といってもよいが）としての龍とが、たがいに変換可能な存在であることは、すでに周知のごとくである。世界にまたがるその伝承や民俗は、つとに石田英一郎氏によって博捜されているが（石田一九八〇、5～65）、そこに洩れた例をふたつほどひろうならば、まず中国の星座観念における龍が挙げられよう。東の夜空に浮かぶ角《かく》・亢《こう》・氐《てい》・房《ぼう》・心・尾・箕《き》の七つの星座で龍を構成するが、そのうちの房宿は、天駟《てんし》あるいは馬祖とも呼ばれる四星を頭とする辰馬であり、龍のかたわらにいるこの辰馬を描いた後漢の画像塼《せん》（画像を彫りつけた煉瓦）も出土している（中野一九八三、87～95）。

また史実の玄奘の『大唐西域記』巻1には、「諸龍が形を変えて牝馬にまじわり龍駒を生ませた」という屈支《クチャ》国の伝承が見える（以上、図30の①）。

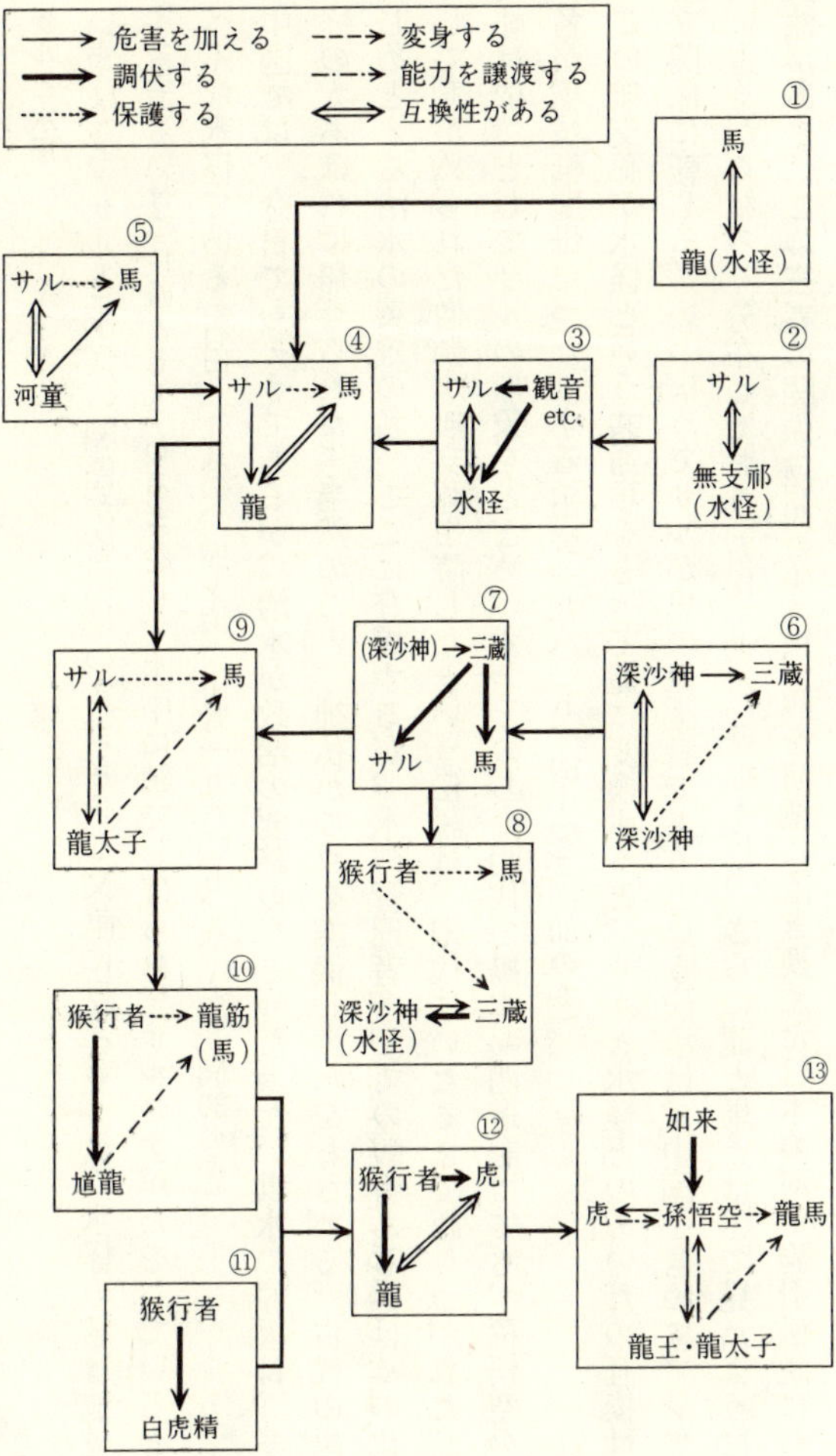

図30　サル・馬・水怪・虎の変換

サルと水怪

いっぽう、サルと水怪の関係が唐以後のさまざまな文献に見える。その水怪の名は無支祁《むしき》(無支奇あるいは巫枝祇《ぶしき》とも)。わるさをして水中に鎖でしばられ、サルのすがたをしているというへんな水怪である(石田一九八〇、159〜162。中野一九八〇b、55〜59)(図30の②)。

中国では、今日でもそうであるが、治水が政治の要諦のひとつだった。洪水の原因は、多く水怪の大あばれに帰せられた。当然のこと、神仏がこれを調伏し洪水をおさめる。古代の禹をはじめとする治水の英雄の名がここに登場するが、水の管理者としての観音あるいはその化身としてあがめられた僧伽《そうが》が無支祁を降したという伝説は、宋代にいたるまで語りつがれた。無支祁は依然としてサルの形象をとどめ、ずっとのちの明代の楊本『西遊記』でも、孫悟空の妹の名が巫枝祇聖母だったりする(中野一九八〇b、59〜68)(図30の③)。

この無支祁が水怪という共通項をもって龍に変換すると、サルと水怪とのあいだの互換性は、対立関係に転じる。いっぽうでサルが馬の保護者であるという伝承は、中国を含めてアジア一円に古くからひろく分布しており(石田一九八〇、161〜173)、さらに龍と馬とは①で見たように互換性がある。この三者の関係(図30の④)は、龍を河童に置き換えた日本の河童駒引伝説におけるサル・河童・馬の関係に似ている。この場合のサルは山童《やまわろ》であり、エンコウ(猿猴とも呼ばれる）としての河童と互換性があるのは申すまでもない。サルが山童でいるときには馬にたいして保護者の立場におり、河童となったときには馬に危害を加えるのである（石田一九八〇、154〜158）（図30の⑤）。

玄奘と深沙神

このあたりから、三蔵の周辺に目を向けるならば、まず深沙神《じんじゃしん》との関係がある。史実の玄奘が莫賀延磧《ばくがえんせき》で死に瀕したとき、夢まくらに立って救ったという毘沙門天らしき大きな神の化身が深沙神だとされているが、やがて玄奘取経の話が虚構化されるにつれて、旅の途中の玄奘を食ってしまうといった話が生まれた（中野一九八〇b、128〜137。磯部一九九三、103〜116）。つまり、深沙神の両義性といったものが明らかになるのである（図30の⑥）。

そのことを反映しているのが、十二世紀前半の北宋末から南宋初にかけての張聖者の詩である（図30の⑦）。福建省永福の人だが、重光寺の輪蔵《りんぞう》（回転式書架）が完成したのをたたえる讃をもとめられ詠んだ詩——

無上雄文貝葉鮮　　無上の雄文　貝葉《ばいよう》鮮《あら》たなり
幾生三蔵往西天　　幾たびか生まれて三蔵　西天に往けり

（略）

苦海波中猴行復　苦海波《くがいは》中　猴《さる》は行き復《かえ》り

沈毛江上馬馳前　沈毛江《ちんもうこう》上　馬は馳《は》せ前《すす》む

（略）

三蔵が「幾たびか生まれて」というのは、深沙神に食われて非業の最期をとげたので、生まれかわっては旅に出たことが何回もあったことを指す。この詩では深沙神の名は出ていないけれども、だれでも知っているほど、この伝承は有名であった。深沙神のくびにかかるどくろの瓔珞《ようらく》は、すべて三蔵のものだとされる。

三蔵がどのようないきさつで「猴」と「馬」を調伏し従者としたのかは、この詩からは察するすべもない。しかし、ともあれ、「猴」と「馬」が従者としてはじめて登場したのである。「猴」が「行復」する「苦海」は、ただの海と解してよかろうが、さきに述べた楡林窟と東千仏洞の《玄奘取経図》壁画四幅すべて、海辺よりかなたの水月観音あるいは普賢菩薩を拝する唐三蔵とサルと馬とを描いている（中野二〇〇〇、9〜13）。なお、これら壁画も⑦にちかいが、深沙神の要素を欠いている。

⑦のあいまいさは、⑧の『大唐三蔵取経詩話』でも解消されていない。欠葉があってわから

ぬ部分もあるが、深沙神はかつて二回、旅の途中の三蔵を食らい、そのどくろふたつを、くびにかけた袋に入れてもっている。ところが、その告白をきいた三蔵にどやしつけられたとたん悔悟し、砂漠に金橋を架け一行をわたすのである。おそらく欠葉部分に、観音なりによる懲罰のくだりがあったのだろう、深沙神の詩に「一たび深沙に堕《お》ちて五百年／一族あげて災殃《わざわい》を受く」と見える。

いっぽうで猴行者が三蔵の従者になるのは、なんらかの懲罰を受けたためではなく、三蔵の苦難を予知し、すすんで参加したにすぎない。馬も、第十「女人国」にて贈られたもの、かくべつの霊性もない。そもそも三蔵は、はじめから六人の僧を伴っていたのである。

こういうわけで、『大唐三蔵取経詩話』の登場人物のあいだには、しかるべき論理にもとづく必然的なつながりは見あたらない。とはいえ、サルと龍と馬の関係については、①〜④に見たような論理にぴったりあてはまる、べつの個所もあるのだ。それを見るまえに、福建省泉州の開元寺西塔におけるサル・龍・馬の関係をたしかめておこう(図30の⑨)。

サルと龍と馬

その西塔第四層の南面には、「唐三蔵」という銘文のある高僧が「梁武帝」という銘文のある皇帝と向かいあい、皇帝に経文を捧げている場面が彫られている。梁の武帝(在位五〇二〜五四九）は史実の玄奘より約百年むかしの皇帝なので、このふたりの組みあわせはいかにも不自然なのだが、目連戯《もくれんぎ》という古い民衆芝居を媒介とすれば、この不自然さは解ける（中野一九九二、303～327）。いまはただ、西天取経の旅を終えた三蔵の存在を確認すれば足りる。

この三蔵の従者が、同じ西塔第四層の東北面にならんで彫られている。向かって右側に銘文のないサル（猴行者と呼んでもよいが）、左側に「東海火龍太子」という銘文をもつハンサムな青年。龍はしばしば人間のすがたで表現されるので、これもふしぎではない。サルと龍太子は顔だけ向きあってなにか会話を交わしているようだ。会話の内容を推測する手がかりは、サルが手にする刀と龍太子がもつ金箍棒《きんこぼう》にあろう。刀も棒も鉄製であるから、金属を忌む水怪には苦手なものだ。しかし、金の箍《たが》には金属の霊力を弱める力がひそんでいると思われるので、龍太子は金箍棒を平気でもっている。ところが、もともと水怪でもあったサル（図30の②）にとっては、刀は大の苦手（世徳堂本第3回でも、孫悟空は「おれは、刀は使えんのだ」という）。そこで、このサルは龍太子に「その金箍棒をおれによこせ」といっているところであろう。まあ、一種のいじめである。金箍棒とともに、もともと龍にそなわっていた超能力をサルにゆずりわたしてしまった龍は、無力になる。かくては、馬に変身してサルの保護下にはいるほかないのであった。龍太子の左肩の上に、天がける馬が小さく彫られているが、それが龍太子の変身したすがたであるとともに、「唐三蔵」が乗る馬であることをも示している（中野一九九三、51～54）。ちなみに、このサルの左肩の上にも、雲の上で合掌する小さな僧形が彫られているが、これは、三蔵の取経をたすけた功績によって成仏した、サルの未来のすがたにちがいない。

　このように、泉州のサルと「龍太子」の石刻は、三蔵の従者であることを明示しているとともに、サルと龍と馬の関係をもみごとに論理的に説明しえているという点において、楡林窟や東千仏洞の《玄奘取経図》壁画よりすすんだ内容を有しているといえよう。

　なお、楡林窟や東千仏洞の壁画には、海をへだてての取経という要素を含んでいた。さきに引いた張聖者の詩にも、「猴」が「苦海」を「行復」するとあり、『大唐三蔵取経詩話』の第十五は「入竺国度海之処(天竺国に入り海を度《わた》りしこと)」となっている(ただし「度海」にあたる話柄はない)。この「度海」については、東千仏洞の壁画二幅とも、水月観音の手もとに経典があるところから、海をへだてた水月観音のもとに取経に行ったという話がそのころあったかもしれない(中野二〇〇〇、9)。

　ところで、泉州といえば、南宋のころ、つまり十二世紀から十三世紀にかけて、南海にひらけた第一の貿易港であった。そのころの泉州で「唐三蔵」取経にまつわるどのような話が語られていたか知るよしもないが、この土地の特異性からして、「度海」の話をも含む、つまり私たちには未知の玄奘三蔵取経物語が流行していたかもしれないと想像することは、ゆるされるであろう。

猴行者の龍虎退治

さて、『大唐三蔵取経詩話』には、サルと龍と馬をめぐるべつの話もある。第七「入九龍池処（九龍池に入りしこと）」がそれで、九匹の馗龍《きりゅう》がわるさをかさね人命をそこなっているというので、猴行者が馗龍にまたがり、背筋を一本ひっこ抜いた（図30の⑩）。その背筋をしごき（原文は「結条子」）として三蔵の腰にゆわえたところ、三蔵はとたんに身がかるくなり、まるで飛ぶような足どりで難所もらくらく越えるようになったというのである。この龍の背筋こそは、馬の役割を果たしているといえるから（中野一九八四b、51〜54）、女人国で贈られた白馬になんら霊性がないのも当然で、このあたりの馬をめぐる話のはこびには、かなりのもたつきや拙さが見られる。

ところで『大唐三蔵取経詩話』における猴行者は、この馗龍退治のすぐまえの第六「過長坑大蛇嶺（長坑と大蛇嶺を過ぎしこと）」において、妖怪と化して人を食らっている白虎の精を退治している（図30の⑪）。そのやりかたはなかなかふうがわりで、白虎の腹中に大きなサル（原文は「老獼猴」）を数かぎりなく入れ吐きださせるのだが、最後に猴行者が大きな石となり、どんどん大きくなったところで吐きださせたところ、白虎は腹の皮が裂けて死んでしまったというのである。つまりは、猴行者は虎を退治し、ついで龍をもこらしめたわけだ（図30の⑫）。

龍虎のシンボリズム

龍虎といえば、古来の四神の観念における東の青龍、西の白虎にはじまって、煉丹術でももっとも基本的な物質である汞《こう》（水銀）と鉛とをそれぞれ象徴する隠秘的な記号でもあった。のちの世徳堂本では、この龍虎の概念がいたるところにひそんでいて、読者を悩ませている（中野一九八四b、98〜173）。

そんな龍虎であるから、互換性があるというより、対立した、しかもペアになった概念といったほうがよいであろう。ともあれ、親密なこのペアの概念は、世徳堂本においても孫悟空に負けずおとらず、しかしあまり目だたぬように大活躍する。いや、活躍というより、おもてでの出番を失い、べつのかたちで暗躍するといったほうがいいだろう（図30の⑬）。

龍はといえば、第3回において悟空に押しかけられた東海龍王は、その得物である如意金箍棒をまきあげられるわ、そのおとうとの南海龍王・北海龍王・西海龍王も、それぞれ金冠・歩《ほ》雲履《うんり》・よろいかぶとをせしめられるわ、さんざんな目にあっている。いじめられ、かつ龍の超能力のシンボルをゆずりわたしているのだ。こうして、すっかり弱虫になったのはかれら四海龍王たちだけではない、あの涇河龍王も、魏徴の夢のなかで斬られてしまうていたらくである。

すでに述べたように、「斬龍」という女丹における特殊な意味のおかげで、「魏徴斬龍」は、

「未徴斬龍」に読みかえられ、うらの意味においては龍は斬られずにすむはずなのが、おもての話では斬られてしまう。

こんなわけで、悟空は龍の能力をことごとくゆずり受けた次第だが、これまたおもての話では、第2回に須菩《しゅぼ》提《だい》祖師に弟子入りしたあげく、七十二般の変化《へんげ》の術を教わったことになっている。

西海龍王の三太子（第三太子）が馬と化し、三蔵を乗せて西天までおもむいたのは周知のごとくで、世徳堂本におけるサル（孫悟空）・龍・馬の関係は、泉州開元寺西塔の浮彫で見たそれとぴたり一致し、きわめて美しい論理として完結していることがわかる。

いっぽう虎はといえば、すでにくり返し述べたように、第13回の三蔵出発の直後から第44〜46回の車遅国《しゃち》の段にいたるまで数回の登場にすぎない。とはいえ、第14回、悟空が三蔵の弟子となったすぐあとで虎を打ち殺し、その皮を腰巻きにしたくだりで、虎の力はことごとく悟空にゆずりわたされたといってよいであろう。

龍は悟空によって痛めつけられ、能力をうばわれても、馬に変身して三蔵の旅の一員となることができた。虎もまた、虎そのものとしてはおのがじし出番を失ってしまったけれども、その皮が悟空の腰巻きになることによって旅に参加したともいえるのではあるまいか。

虎はやはり三蔵の従者?

三蔵と虎のものがたりは、『西遊記』が形成されるまでの長い歴史のなかでも最大の謎とされるあの《虎を伴う行脚僧図》からはじまって、『西遊記』という極度に論理的な世界においても、なおつづいていると思われる。

おまけに、龍と虎は、煉丹術記号論のなかでも主人公であった。龍が汞(水銀)であり、虎が鉛であるところからはじまって、なんと! 猪八戒が龍であり、孫悟空が虎であるという奇妙なシンボル体系にまではまりこむのだ。かくして、三蔵はやはり龍虎を従者にしているともいえるであろう。

トリック・ワールドとしての『西遊記』

『西遊記』のおもて向きの顔は、エピソードの数珠《じゅず》つなぎにも似た、飽くことなき列挙による並列構造であるといえるであろう。三蔵の一行が天竺をめざして旅をつづけていることは、いわば大前提としてだれしも諒解ずみなのであるから、途中の故事群ａｂｃｄ……のうち、たとえばｂｃを飛ばしてａからｄへと読みすすんだとしても、おもしろさはさほど減殺《げんさい》されないはずである。どの故事にも、読者をして「なんとまあ、はちゃめちゃな、荒唐無稽な小説であることか!」とあきれさせ、かつよろこばせる要素が満載されているので、おもて向きの顔としての並列構造は、読者にとっては、かえってつごうがよかったともいえる。

ところがいま私たちは、**X**氏と呼んできた世徳堂本の作者グループが渾身の力をこめてつくりあげた、途方もないトリック・ワールドのほんの一端を知った。すみずみまで張りめぐらされた仕掛《トリック》けの網が、極度に論理的な世界を織りなしている。おそるべき「机上の空論」にも似た記号操作と、あの「組みたて工事」の緻密さをささえた**X**氏の情熱とは、いったい何であったのか——。このトリック・ワールドの探訪をいったん終えた私にも、それは、依然として謎のままである。

それでもはっきりしているのは、『西遊記』が極度に論理的なトリック・ワールドであると知ったうえで、なおかつ、この小説の「はちゃめちゃな、荒唐無稽な」おもての顔を、存分にたのしむことができるということだ。これもまた、**X**氏の奸計なのだろうか。

引用参考文献

秋山一九六五＝秋山光和「敦煌画『虎をつれた行脚僧』をめぐる考察——ペリオ将来絹絵二遺例の紹介を中心に」(『美術研究』二三八、一九六五)
秋山一九九五＝秋山光和「虎を連れた行脚僧像」(ジャック・ジエス編『西域美術　ギメ美術館ペリオ・コレクション』第二巻、講談社、一九九五)
石田一九八〇＝石田英一郎『新版　河童駒引考——比較民族学的研究』(東京大学出版会、一九八〇。一九六六初版)
磯部一九九三＝磯部彰『『西遊記』形成史の研究』(創文社、一九九三)
磯部一九九五＝磯部彰『『西遊記』受容史の研究』(多賀出版、一九九五)
雲南省一九九〇＝雲南省地理研究所『雲南省地理』(雲南教育出版社、一九九〇)
太田一九八四＝太田辰夫『西遊記の研究』(研文出版、一九八四)
過一九八八＝過竹『苗族神話研究』(広西人民出版社、一九八八)
貴州黔東南一九八二＝貴州黔東南自治州民族事務委員会文芸研究室編印『苗族民間故事集』第一集(一九八二)
貴州省一九八一＝貴州省民間文学工作組『苗族文学史』(貴州人民出版社、一九八一)
邱ほか一九九一＝邱小波・蒋紅選編『女丹合編選注』(上海翻訳出版公司、一九九一)

キング一九九八＝ジョン・キング『数秘術——数の神秘と魅惑』（好田順治訳。青土社、一九九八）
坂出一九九六＝坂出祥伸編『「道教」の大事典——道教の世界を読む』（新人物往来社、一九九六）
実吉一九九六＝実吉達郎『中国妖怪人物事典』（講談社、一九九六）
澤田一九八四＝澤田瑞穂『中国の呪法』（平河出版社、一九八四）
徐一九八五＝徐霞客撰・朱恵栄校注『徐霞客遊記校注』下（雲南人民出版社、一九八五）
武田一九九七＝武田雅哉『星への筏——黄河幻視行』（角川春樹事務所、一九九七）
田中一九九四＝田中智行「『西遊記』大成の前夜」（『饕餮』第二号、一九九四）
谷一九八七＝谷徳明編『中国少数民族神話』（中国民間文芸出版社、一九八七）
張一九八四＝張静二『西遊記人物研究』（台湾学生書局、一九八四）
陳一九六四＝陳攖寧註解『孫不二内丹詩註』（台北・真善美出版社、一九六四）
陳一九八九＝陳攖寧『道教与養生』（華文出版社、一九八九）
デスプ一九九六＝カトリーヌ・デスプ『女のタオイスム——中国女性道教史』（門田真知子訳・三浦國雄監修。人文書院、一九九六）
田ほか一九八四＝田兵・陳立浩編『中国少数民族神話論文集』（広西民族出版社、一九八四）。所収論文は、馬学良「古代苗族人民生活的瑰麗画巻」・田兵「試論苗族神話与東方民族的関係——《苗族古歌》的前言」・陶立璠「試論苗族古歌中的神話」・陳立浩「試論《苗族古歌》的美学価値」
ドミエヴィル一九八八＝ポール・ドミエヴィル『禅学論集』（林信明訳編。花園大学国際禅学研究所、一九八八）第十章「達摩多羅のイメージ」
中野一九八〇＝拙著『孫悟空の誕生——サルの民話学と「西遊記」』（a＝玉川大学出版部、一九八〇。b

＝福武文庫、一九八七)
中野一九八一＝拙稿「女国幻想——『西遊記』第五十三回所見子母河故事の来源」(『竹内照夫博士古稀記念・中国学論文集』同刊行会、一九八一、所収)
中野一九八三＝拙著『中国の妖怪』(岩波新書。岩波書店、一九八三)
中野一九八四＝拙著『西遊記の秘密——タオと煉丹術のシンボリズム』(a＝福武書店、一九八四。b＝福武文庫、一九九五)
中野一九八六a＝拙訳『西遊記』㈣(岩波文庫、一九八六)
中野一九八六b＝拙著『三蔵法師』(c＝集英社、一九八六。d＝中公文庫、一九九九)
中野一九八八＝拙稿「虎を呼び出す力」(拙訳『聊斎志異』月報10。ボルヘス『バベルの図書館』10。国書刊行会、一九八八)
中野一九八九＝拙著『仙界とポルノグラフィー』(a＝青土社、一九八九。b＝河出文庫、一九九五)
中野一九九二＝拙著『孫悟空はサルかな?』(日本文芸社、一九九二)
中野一九九三＝拙著『孫悟空との対話』(ＮＨＫ人間大学テキスト。日本放送出版協会、一九九三)
中野一九九四＝拙著『中国の青い鳥——シノロジー雑草譜』(a＝南想社、一九八五。b＝平凡社ライブラリー、一九九四)
中野一九九五＝拙稿「ヘルメスの回廊——『西遊記』と煉丹術」(『しにか』一九九五年十一月号)
中野一九九七＝拙稿「『西遊記』西天取経故事の構成——シンメトリーの原理」(東方学会創立五十周年記念『東方学論集』東方学会、一九九七)
中野一九九八a＝拙稿「三蔵のスペルマティック・クライシス——西天取経は西天取精なりしこと」(『ユ

リイカ』一九九八年九月号)
中野一九九九＝朝日新聞創刊一二〇周年記念特別展・西遊記のシルクロード『三蔵法師の道』図録(朝日新聞社、一九九九)第五章「伝説の中の三蔵法師――西遊記の世界」および「列品解説」
中野二〇〇〇＝拙稿「敦煌石窟群の《玄奘取経図》壁画――とくに東千仏洞と楡林窟の――」(『図書』二〇〇〇年三月号)
西一九九七＝西孝二郎『『西遊記』の構造』(新風舎、一九九七)
ニーダム一九七五＝ジョゼフ・ニーダム『中国の科学と文明』第四巻「数学」(芝原茂・吉沢保枝・中山茂・山田慶児訳。思索社、一九七五)
野口ほか一九九四＝野口鐵郎・坂出祥伸・福井文雅・山田利明編『道教事典』(平河出版社、一九九四)
福井一九九〇＝福井文雅「『斬龍』覚え書」(『吉岡義豊著作集』月報5、五月書房、一九九〇)
方一九八七＝方国瑜『中国西南歴史地理考釈』(中華書局、一九八七)下冊
ポーロ一九七〇＝マルコ・ポーロ、愛宕松男訳注『東方見聞録』1(東洋文庫。平凡社、一九七〇)
ボルヘス一九八三＝ホルヘ・ルイス・ボルヘス『夢の本』(世界幻想文学大系43。堀内研二訳。国書刊行会、一九八三)
松本一九三七＝松本栄一『燉煌画の研究・図像編』(東方文化学院東京研究所、一九三七。復刻本は同朋舎、一九八五)
諸戸一九七九＝諸戸文男「敦煌画のいわゆる玄奘図について――宝勝如来、法勝同体説」(『月刊シルクロード』第五巻第九号、一九七九)
諸戸一九八三＝諸戸文男「再び敦煌画のいわゆる玄奘図について」(『季刊東西交渉』第五号、一九八三)

諸戸一九八四＝諸戸文男「敦煌画拾遺――三たび、いわゆる玄奘図と再び被帽地蔵菩薩図について」(『季刊東西交渉』第十二号、一九八四)

山口一九八四＝山口瑞鳳「虎を伴う第十八羅漢図の来歴」(『インド古典研究』第六巻、一九八四、成田山新勝寺弘法大師一一五〇年御遠忌記念号『神秘思想論集』)

ラウファー一九九二＝ベルトルト・ラウファー『サイと一角獣』(武田雅哉訳。博品社、一九九二)

柳一九八五＝柳存仁「全真教和小説西遊記」(『明報』第二三三〜二三七期、一九八五。『和風堂文集』下、上海古籍出版社、一九九一、所収)

劉一九九〇＝劉玉権「沙州回鶻の石窟芸術」(敦煌研究院編『安西　楡林窟』平凡社、一九九〇、所収)

Plaks 1987: Andrew Plaks, *The Four Masterworks of the Ming Novel——Ssu ta ch'i-shu* (Princeton University Press, 1987)(中国語訳＝沈亨寿訳『明代小説四大奇書』中国和平出版社、一九九三)

Roy 1993: David Tod Roy, "Introduction" to *The Plum in the Golden Vase or Chin P'ing Mei*, volume One: "The Gathering" tr. by D. T. Roy (Princeton University Press, 1993)

あとがき

本書の遠い母胎は、ホルヘ・ルイス・ボルヘスの『夢の本』(ボルヘス一九八三)にあるだろう。これは、私の枕頭の書のひとつであるが、たとえば——

もしある人が夢の楽園を横切り、そこにいたことの証しとして花を一輪もらい、もしも目覚めた時手にその花があったとしたら……それからどうなるのだろうか?

——S・T・コールリッジ

などという戦慄的な一行を読むと、かえって眠れなくなってしまうものだ。

ボルヘスは、「コールリッジの夢」という章をべつに立て、コールリッジが一七九七年に書いた抒情詩「クブラ・カーン」のことを述べている。すなわち、十三世紀の元の皇帝フビライ・ハーンは、夢を見てその記憶にとどまっていた図面にもとづき宮殿を建てた。そのことを録した十四世紀のラシード・ウッディーン『集史』のヨーロッパ語訳が出現するはるか以前に、コールリッジは、フビライ・ハーンが夢にもとづいて宮殿を建てたという夢を見たのである。

上都《ザナドゥー》に忽必烈汗《クブラ・カーン》、
壮麗なる阿呆宮の造営命ぜり。
そこに聖河アルフ、
人には測りがたき洞魔《ほら》ども抜けて、
太陽なき海に流れてありぬ。
……(以下略)……　(高山宏訳)

にはじまるこの詩の原題は、“Kubla Khan: Or, A Vision in a Dream. A Fragment”であり、『コールリッジ全詩集』(クラレンドン版)所収。

ボルヘスは、この「コールリッジの夢」を、「広大な時間と空間を包み込む対称的《シンメトリック》な夢」と評しているが、もしかしたら、イタロ・カルヴィーノの『マルコ・ポーロの見えない都市』も、コールリッジの詩「クブラ・カーン」に想を得ているのではあるまいか。

なお、コールリッジの、さきに引用した「もしある人が夢の楽園を横切り、……」は、わが久生十蘭《ひさおじゅうらん》の短篇『雲の小径』をただちに想起させる。飛行中の機内で白川は夢を見た。「道のうえに枝をのばしている石楠《しゃくなげ》の葉をむしりとって、手のなかで弄びながら」妙義山の山道をあるいていたのだが、目ざめてみると――

夢だったのだろうが、どうしても夢だとは思えない。白川は気あたりがして、上着のポケットに手を入れてみると、指先にツルリとした石楠の葉がさわった。

閑話休題――。ボルヘスはもちろん、中国の夢の話も数篇、ちゃんと拾っている。荘周のあの蝴蝶の話をはじめとして、『列子』『西遊記』『紅楼夢』などからも。

『西遊記』からは、例の「魏徴斬龍」を採った。ただし、邦訳では魏徴が韋成になっている。ボルヘスの文中の漢字ローマ字表記(ウェード式) Wei Cheng を漢字になおすときの訳者の誤りであるが、『西遊記』邦訳をのぞけばわかるものを……。ちなみに、韋成なら、ウェード式でWei Ch'eng となる。

それはともかく、『夢の本』邦訳が魏徴を韋成と誤ってくれたおかげで、「魏徴斬龍」を「未徴斬龍」と読みかえる想を得たのだった。……

ボルヘスといえば、かれが『バベルの図書館』なるアンソロジーを編んだとき、アジアからは『聊斎志異』中の十四篇および『紅楼夢』中の断片ふたきれをえらんだ。その『バベルの図書館』シリーズの邦訳にあたっては、私がボルヘス選『聊斎志異』の訳者となった。

ボルヘスは、「幼いころ、わたしは熱烈に虎にあこがれた」と述べ、「眠っていて何かの夢に心を奪われそうになると」、「これは夢、気のゆるみ、わたしには無限の力があるのだ、ひとつ虎を呼び出すことにしよう」(鼓直訳『創造者』所収「夢の虎」)と書いている。

『西遊記』翻訳のあいまを縫っての『聊斎志異』翻訳は、この両者の文体の極端なちがいを存分にたのしむこととなったが、ボルヘスその人がいう「夢の虎」を呼び出す力によってなされたものだった(中野一九八八)。

本書もまた、「虎を呼び出す力」によって駆りたてられ、成ったものである。そのことを思いだし、本書の稿を了えてのちの某日、動物園に虎を見に出かけた。冬季用の獣舎に、ライオンや豹と檻をつらねたアムール虎は、ただ懶惰《らんだ》に寝ほうけているだけだった。

岩波文庫『西遊記』の翻訳を、故小野忍先生からひきつぎ、その最初の㈣を出したのは一九八六年であった。私の西天取経の旅のはじまりである。『西遊記の秘密』(一九八四a)は、その「旅じたく」として書かれた。翻訳最終巻㈩は、一九九八年に刊行された。改訳・改訂という大きなしごとがまだひかえているものの、十二年以上もの歳月は、『西遊記』にたいする私の見かたをがらりと変えていた。

その旅のなかばで、関連の著書やエッセーを書き散らしつつ、その変わりようをすこしずつ確認してきたが、本書のもとになったのは、「ヘルメスの回廊——『西遊記』と煉丹術」（一九九五）・「『西遊記』西天取経故事の構成——シンメトリーの原理」（一九九七）・「三蔵のスペルマティック・クライシス——西天取経は西天取精なりしこと」（一九九八a）という、近作のエッセー三篇である。

また、その旅なかばの一九九三年一月〜三月、NHK人間大学（NHK教育TV）において『孫悟空との対話』と題し十二回にわたる講義をするという、なかなかしんどい経験もした。この人間大学ではNHK学園の学習講座受講生が数百人、月に一度レポートを提出し、私が講評を書いて返却するという、これまたしんどいしごとももうらで進行していた。

とはいえ、おびただしいレポートのなかには、たとえば青森県下北半島に住む当時七十七歳の女性の、山中で日常的にサルと出くわす体験を書いたものもあり、これなどは、柳田国男を思わせるさりげない名文で、私をいたく感動させたものだった。

それらレポートのなかで群を抜いていたのが、西孝二郎氏と、当時中学三年生だった田中智行君である。

長崎在住の西孝二郎氏にはお会いしたことがないが、例のレポート終了後も、しばしば書面にて新しい考えを伝えてくださった。それを一冊にまとめたのが、本書でややくわしく紹介した『『西遊記』の構造』である。田中君は、この四月に大学院に進学し、本格的な研究者としてスタートしたばかりだ。

西氏も、中学三年生だった田中君も、邦訳によって『西遊記』を読みこんだ、いわばアマチュアである。しかし、それでも専家が見ぬけなかったトリック・ワールドの秘密の鉱脈の一端をみごとにさぐりあてた。これまた、『西遊記』が極度に論理的な世界であることの、重要な証拠といえるであろう。

なお、本書は「組みたて工事」「工事現場」などと、この種のものには似つかわしくないことばを用いている。そのことをちょっぴり気にしていたところ、本書の稿成ってから、B・チェントローネ『ピュタゴラス派——その生と哲学——』(斎藤憲訳。岩波書店、二〇〇〇)の「訳者あとがき」において、「哲学史研究の工事現場」ということばがつかわれているのを知った。ばかでかいしごとには、やはり「工事現場」がぴったりするのである。

岩波文庫『西遊記』(十)の刊行直後に、本書の執筆をすすめてくださったのは、岩波新書編集部の井上一夫氏である。ところが、べつの三蔵法師関連の行事に関係し、筆がとどこおっているうちに、本書の担当も井上氏から天野泰明氏へ、さらに平田賢一氏へと変わった。以上の三氏に、こうもおくれたお詫びを申しあげたい。また、あたたかい督励を絶えまなく遠方の札幌まで送ってくださったことにも、深い謝意を表する次第である。

二〇〇〇年立春

中野美代子

中野美代子
1933年札幌市に生まれる
1956年北海道大学文学部卒業
1996年北海道大学教授を退官
専攻―中国文学
著書―『孫悟空の誕生―サルの民話学と「西遊記」』
(1980年度芸術選奨文部大臣新人賞受賞，福武文庫)
『西遊記の秘密―タオと煉丹術のシンボリズム』(福武文庫)
『孫悟空はサルかな？』(日本文芸社)
『カスティリオーネの庭』(小説，文藝春秋)
『三蔵法師』(中公文庫)
『天竺までは何マイル？』(青土社) ほか
訳書―『西遊記』(岩波文庫)
フランシス・ハックスリー『龍とドラゴン』(平凡社)
ファン・フーリク『中国のテナガザル』(共訳，博品社)
エルネスト・アイテル『風水―欲望のランドスケープ』(共訳，青土社) ほか

西 遊 記　　岩波新書(新赤版)666

2000年4月20日　第1刷発行

著 者　中野美代子《なかのみよこ》

発行者　大塚信一

発行所　株式会社 岩波書店
〒101-8002 東京都千代田区一ツ橋 2-5-5

電 話　案内 03-5210-4000　営業部 03-5210-4111
新書編集部 03-5210-4054

印刷・理想社　カバー・半七印刷　製本・中永製本

ISBN 4-00-430666-3　　Printed in Japan

岩波新書創刊五十年、新版の発足に際して

岩波新書は、一九三八年一一月に創刊された。その前年、日本軍部は日中戦争の全面化を強行し、国際社会の指弾を招いた。しかし、アジアに覇を求めた日本は、言論思想の統制をきびしくし、世界大戦への道を歩み始めていた。出版を通して学術と社会に貢献・尽力することを終始希いつづけた岩波書店創業者は、この時流に抗して、岩波新書を創刊した。

創刊の辞は、道義の精神に則らない日本の行動を深憂し、権勢に媚び偏狭に傾く風潮と他を排撃する驕慢な思想を戒め、批判的精神と良心的行動に拠る文化日本の躍進を求めての出発であると謳っている。このような創刊の意は、戦時下においても時勢に迎合しない豊かな文化的教養の書を刊行し続けることによって、多数の読者に迎えられた。戦争は惨澹たる内外の犠牲を伴って終わり、戦時下に一時休刊の止むなきにいたった岩波新書も、一九四九年、装を赤版から青版に転じて、刊行を開始した。新しい社会を形成する気運の中で、自立的精神の糧を提供することを願っての再出発であった。赤版は一〇一点、青版は一千点の刊行を数えた。

一九七七年、岩波新書は、青版から黄版へ再び装を改めた。右の成果の上に、より一層の課題をこの叢書に課し、閉塞を排し、時代の精神を拓こうとする人々の要請に応えたいとする新たな意欲によるものであった。即ち、時代の様相は戦争直後とは全く一変し、国際的にも国内的にも大きな発展を遂げながらも、同時に混迷の度を深めて転換の時代を迎えたことを伝え、科学技術の発展と価値観の多元化は文明の意味が根本的に問い直される状況にあることを示していた。

その根源的な問は、今日に及んで、いっそう深刻である。圧倒的な人々の希いと真摯な努力にもかかわらず、地球社会は核時代の恐怖から解放されず、各地に戦火は止まず、飢えと貧窮は放置され、差別は克服されず人権侵害はつづけられている。科学技術の発展は新しい大きな可能性を生み、一方では、人間の良心の動揺につながろうとする側面を持っている。溢れる情報によって、かえって人々の現実認識は混乱に陥り、ユートピアを喪いはじめている。わが国にあっては、いまなおアジア民衆の信を得ないばかりか、近年にいたって再び独善偏狭に傾く惧れのあることを否定できない。

豊かにして勁い人間性に基づく文化の創出こそは、岩波新書が、その歩んできた同時代の現実にあって一貫して希い、目標としてきたところである。今日、その希いは最も切実である。岩波新書が創刊五十年・刊行点数一千五百点という画期を迎えて、三たび装を改めたのは、この切実な希いと、新世紀につながる時代に対応したいとするわれわれの自覚とによるものである。未来をになう若い世代の人々、現代社会に生きる男性・女性の読者、また創刊五十年の歴史を共に歩んできた経験豊かな年齢層の人々に、この叢書が一層の広がりをもって迎えられることを願って、初心に復し、飛躍を求めたいと思う。読者の皆様の御支持をねがってやまない。

（一九八八年一月）

岩波新書より

世界史

古代エジプトを発掘する　高宮いづみ
サンタクロースの大旅行　葛野浩昭
自動車の世紀　折口透
中東現代史　藤村信
離散するユダヤ人　小岸昭
古代ローマ帝国　吉村忠典
義賊伝説　南塚信吾
中央アジア歴史群像　加藤九祚
シベリアに憑かれた人々　加藤九祚
現代史を学ぶ　溪内謙
元朝秘史　小澤重男
獄中一九年　徐勝
民族と国家　山内昌之
歴史としての社会主義　和田春樹
アメリカ黒人の歴史〔新版〕　本田創造
諸葛孔明　立間祥介

❖

中国近現代史　小島晋治・丸山松幸
自由への大いなる歩み　M・L・キング　雪山慶正訳
古代の書物　F・G・ケニオン　高津春繁訳
朝鮮　金達寿
古代中国を読む　小倉芳彦
中国の歴史 上・中・下　貝塚茂樹
魔女狩り　森島恒雄
ヨーロッパとは何か　増田四郎
世界史概観 上・下　H・G・ウェルズ　長谷部・阿部訳
歴史とは何か　E・H・カー　清水幾太郎訳
エスペラントの父 ザメンホフ　伊東三郎